臣服吧！毒士軍師的詭計

SCHEMER!

陳怡婷
（17歲）
CHEN
YI TING
國立遠天高中二年甲班的班長
之一，首席圖書館管理員。
她是個積極主動、富有正義感
的活潑少女，偶爾會貪點小便
宜、發發神經。她不擅長分析
事情，喜歡憑直覺行事，討厭
虛偽的人；可愛又不做作、好
相處的她，被班上同學當作吉
祥物。

徐于咎（17歲）

國立遠天高中二年甲班學生。
個性冷漠，甚至冷血、報復心重。在一眾學生當中，他的外形很不顯眼，有點偏瘦弱和病態的蒼白，反應神經極差，喬裝時會戴黑框眼鏡。其實他很聰明，對敵人不留情，對認同的人則百般保護。是個疼愛妹妹的好哥哥。

遠天國小五年級生，風紀股長。
徐家小妹，是個聰明的小女孩，善長隱藏本性。遇上妹控哥哥徐于咎，真是好處拿不完！不過，她也心疼自家二哥沒朋友，因此對於陳怡婷的靠近感到好奇與開心。

國立遠天高中二年甲班的班長之一。
屬於學生領袖型人物，課業成績不錯，卻器量狹小、多疑、報復心重。似乎對陳怡婷有種異樣感情？

國立遠天高中三年級生，前任首席圖書館管理員。
留著一頭長直髮的清秀女生，個性雖然淡漠，卻很照顧後輩。是陳怡婷很信任的學姐。

目錄

楔子
如果我是神經病，
你要怎麼辦？

星期天的遠天商圈有不少雙雙對對的年輕男女在閒逛，很平凡也很正常。只不過在這些年輕男女之中，出現了比較特別的一對。特別的原因不是女生很可愛、男生很弱氣，而是他們正在演出一幕疑似女追男的有趣戲碼——

「徐于咎！」

正快步走著的少女對同樣快步走著的少年大叫。

如果是在場那些不了解的路人，都會以為是一齣老土到極點的情境喜劇，而這對少男少女亦必然是男女朋友或青梅竹馬的關係。

可惜這種想法對這兩位來說完全大錯特錯！

「抓到了～」

被對方追上的少年用右手擋住自己的臉，左手撥開少女抓住自己的手，故意壓低聲線道：「妳認錯人了，我不是徐于咎。」

「誒？」少女愕然，與旁邊的路人甲乙丙丁同樣升起一絲「會不會是認錯人」的想法。

狡猾的少年明白謊言瞞不了多久，趁著少女猶豫的瞬間，再度逃跑。

少女自知上當，罵了一聲「可惡」又快步追了上去，然後狠狠地、用力地拉住少年後背的衣服。

「你就是徐于咎！別拿這種爛理由來騙我！」

「切……」

無法繼續向前的少年轉過身，聳聳肩，無奈道：「好吧，我現在是徐于咎，可以放開我了嗎？」

「我就說自己沒認錯人，只看背影就知道是你！」少女「嘿嘿」了一聲，自鳴得意。

「哦~所以班長找我有事嗎？」徐于咎那雙如死魚一樣的眼睛，直視著前方的包包頭少女——陳怡婷。

「我需要你！」陳怡婷臉不紅耳不赤的說出帶著歧義的話。

「我說……」徐于咎眼角抽了一下，不爽道：「都已經一個多星期了，妳煩不煩啊？」

「對，我很煩，可是也要煩得你答應為止！」

「……意志真是堅定。」

徐于咎搖了搖頭，儘管不想理會這位煩人的班長，可是她完全沒有鬆開手的意思，所以還是得聽完那個不知所謂的請求。

「我真的很需要你！」陳怡婷不再給徐于咎推三阻四的機會，緊緊抓住他的衣服追問道：「你到底要什麼才肯幫忙？」

徐于咎皺起眉頭，「我……要什麼？」

「——想要姐姐。」

徐于咎回想起幾天前妹妹曾經說過的話。

突然間，他想到一個絕妙的藉口。

「既然妳說需要我，那……」他輕輕抬起手，右手的食指直指著陳怡婷，微笑道：「那我就要妳好了。」

這一刻，本來吵雜的街道為之一靜。

這種過分的要求，即使是無賴都不可能在女生面前提出，更何況現在是處於公眾地方？一旁圍觀的人都用看外星人的目光看著徐于皓，暗地裡在心中把他拉到無恥之徒的序列。

只不過，徐于皓和路人們都沒有想到，這不可能、也不應該、更不正確的要求，在不到三秒的時間，就被陳怡婷下定決心般的回覆——

「好，就這麼約定！」

以為自己聽錯發音的徐于皓，臉上滿是不可置信。

「現在我答應你了，是不是就來幫忙？」陳怡婷臉不紅氣不喘，又向徐于皓走近一步。兩人之間的距離不到二十公分……徐于皓甚至覺得已經嗅到陳怡婷身上那陣像香瓜味洗衣精的淡淡芳香。

「如何？」

徐于皓猛搖頭，沒有正面回應，口裡就說著：「神經病……」

「嘿嘿，現在我都已經屬於你了——如果我是神經病，你要怎麼辦？」

聽到陳怡婷恬不知恥的發言後，徐于皓行動了——

他甩開陳怡婷的手，轉過身，落荒而逃！

01 上不得大場面的小手段

國立遠天高中，擁有七十多年歷史，在遠天區剛開發完成就存在的老牌高中。

現實很殘酷。社區老齡化、競爭對手增加、適齡學子變少等等原因，導致國立遠天高中日漸招生不足。

這情況斷斷續續維持了差不多五年，一直都沒得到任何改善，到了最近幾年更是每況愈下，報到就讀的學生都快要無法組成一個完整的班級了。

一所學校能吸引「學生」就讀的原因有不少。

好動的學生大多注重學校存在什麼好玩又有趣的社團；認真的學生需要的是這所學校能提供美好的前途；內向的學生則認為有其他朋友一起選讀才是重點；而外向的學生，男女同校必然是考慮的要點。

即使國立遠天高中是一所校風自由的男女合校，可惜都無法吸引更多的學生，因為……

大部分的學生從來都沒有選擇自己喜歡學校的權利——那是掌握在家長手中的權利！

家長為子女選擇高中的理由，百分之九十都只會參考那所學校的升學率！

多元智能？德智體群美？人格培養？良善的品德？

對比起成績，這些都是附屬的、多餘的。

——這是對學校的現實。

學生少了，學校的成績自然會下降。

這是一個不變的定律：如果我有更多的硬幣，自然就有更大的機會，從轉蛋機中抽出有

價值的轉蛋。

我們都知道，人的差別並沒有想像中那麼大，能夠讀高中的學生大多同樣聰明。可是真正能夠上進讀書的，其實還是那群努力的學生。

能不能抽中其中一位？

這問題問得多無趣，自然是抽得越多越有保障！

如果把學校比喻為廚師，學生就是未經烹煮的食材。學生少代表食材少，廚師能夠選擇的菜式更少。巧婦難為無米之炊。沒有食材的學校還能做出一盤能吃的菜，在情理上已經可以接受。

但……

現實還是現實。

有投入才有產出，不管在哪個地方都可以明證的定律。把學生的成績當成了一門生意，投入的資源少了，出來的成果就會下降。

然後？

又來一次。

——惡性循環。

到了今天，國立遠天高中正面臨惡性循環出現最後苦果的日子。

「在今天的朝會上，校長不得不向在座的一百位同學宣布，本校只會辦學到今年結束，下學年開始就會停辦……」

從商業的角度來看，國立遠天高中是一間已經被債權人申請清盤，正等待著法院來盤點的公司。

不過，這種情況在學校界那些專業人士嘴裡，並不把這說成倒閉和清盤，他們有一個更有趣、更貼切的形容：殺校。

讓學校停辦，等同把一間學校殺死！

雖然校長的話不至於會使人悲痛，但至少能帶出傷感的氣氛。可是大多數的學生和老師，都沒有將這些情感表現在他們的臉上

也許是堅強，也許是曾激動過，也許……他們根本就漠不關心！

不關心，因為他們知道將有這一天的出現，所以心裡早已把自己換成旁觀者。

這些人裡面，更有些因為做好準備而鬆了口氣的學生和老師。

「不過，各位同學請放心，本校正就讀高一和高二的學生，我們已經打算讓各位以志願方式，轉到我們洽談協調好的其他高中上學，而高三則會成為本校的最後一屆學生……相關資料我們將會再通知，有任何疑問也可以向各自的班導師提問……」

朝會結束。學生們魚貫離開集會地。

這就是國立遠天高中，今天朝會所公布的事實。

◆◎◆※◆※◆◎◆

「大家！」

在二年甲班的教室中，正在進行放學前的班會。主持這次班會的是甲班的兩位班長：陳怡婷和林羽。

雖然在黑板上寫上本來需要討論的題目「秋季旅行的目的地」，但作為其中一位主持人的班長陳怡婷在開始之初就跑題了。

「我不想自己的學校倒閉。」

把左右兩束馬尾用髮網套著，包包頭班長陳怡婷走到教師席前，大聲地向那些正在交頭接耳的同學宣言。

「哎，陳怡婷妳是怎麼了？」

陳怡婷的模樣有點可愛，她個子嬌小，聲音聽起來清脆悅耳。雖然看起來是個可愛的女生，不過她的身分不僅是二年甲班的班長，更是本校圖書館的首席管理員。

可以說陳怡婷就是時下輕小說裡那種校內的活躍分子。顏值高、學習成績不錯，不只在同學中有著不錯的人氣，更是老師們心目中的模範學生。

「哦哦，明年可以見到新妹子！」

「對對對，聽說角洲高中那邊的妹子超美～」

「嘖嘖、你們男生想女生想瘋了嗎？角洲會收你這種不及格的學生？」

二年甲班不乏一些以旁觀者身分討論學校倒閉的學生。

「我們的高中要被廢校了，你們怎麼可以這樣漫不經心！」陳怡婷皺眉頭對座位上近三十位同學訓斥。

「呃……」

「班長？」

不少同學臉上現出一副不知所措的表情，似乎沒聽懂陳怡婷的苛責。

怒上心頭的陳怡婷無視他們的心情，開始激昂地進行演說：「停辦！是停辦！我們將要各奔東西，要離開學校！你們不感到可惜嗎？不會想做點什麼來挽救嗎？」

「呃、會吧？」

「其實也有啦。」

「唔。」

漸漸的，一些附和聲傳入陳怡婷耳中。

正當她以為氣氛被帶動起來，可以接著把自己的計畫推演下去時，意外出現了。

「那個——」在窗戶邊旁，一個男生沒舉手就開口發言，道出大家都知道的事實：「其實廢校跟我們沒有太大關係吧？」

「對呢～校長在朝會上的時候也說了我們這些二年級生可以轉到其他學校，不是嗎？」

陳怡婷張開口，卻想不出反駁的理由。

「的確是可以轉到其他學校，但……但遠天高中變得怎樣都無所謂了嗎？你們這種想法沒有問題嗎？」欠缺口才的陳怡婷，說出無力感十足的反問。

不管二年甲班的學生有沒有實施行動，也不管他們的心情如何，他們這群正在就讀高二的學生，在學習和前途上並沒有受到任何影響。

「我們有什麼問題？」有人輕聲問。

「就是～我們能有什麼問題呢？」

想不出理由。

陳怡婷完全想不出反駁的依據，只能拙劣地再次利用感性說服大家，「大家不是都在這所學校裡讀書的嗎？你們就忍心自己的母校關閉？」

「也是啦。」

「或許我們是不對的……」

教室裡的學生們，有幾個暗中點了點頭。

不過，更多的是不以為然，他們之中甚至出現一些小聲的議論：「不關閉自然是最好，可是關了也沒什麼關係。」

說話的人更有意讓陳怡婷聽到，聲音並不小。

陳怡婷瞪大眼，控制不住自己的情緒，直接指著那位女同學叫道：「文雯雯妳閉嘴！」

「咳！」

作為二年甲班的班長之一——林羽走到陳怡婷旁邊，輕輕敲了一下教師桌，「冷靜點，陳怡婷，學校不再招生這事大家都知道，大家很關心，我也關心，不過現在不是討論這件事的時候，不是嗎？」

「嗯？」陳怡婷不可置信地轉頭看向林羽。

「我覺得還是把話題回到本來的事，要知道時間不多，還有不到二十分鐘就要放學，或許……我們可以再找時間慢慢討論。」林羽勸說。

陳怡婷吸了一口氣。

她不相信。

沒想到一向支持自己，以為是同伴的林羽，這次竟然不站到她的身後支持，而是站到對立面。本來還想再說下去的陳怡婷，無奈地看了一眼那些開始討論旅行的同學，只得一聲嘆息，妥協了。

「班長英明！」

「沒錯。」

「沒時間呢……」

陳怡婷搖了搖頭，把那些關於學校的想法拋開。已經對林羽不抱期望的她擺手道：「開

始吧。」

「對不起。」

林羽輕聲向陳怡婷道歉，接過話權大聲說道：「好了，這次秋季旅行的預算是這麼多，有興趣提議地點的同學可以舉手提出。」

陳怡婷自覺地站到黑板旁邊，開始記錄同學們的提案和決定，又複算了一下可供使用的資金等等。

班會在放學鐘聲響起的同時結束，遠天高中二年甲班的秋季旅行目的地，經過快速的討論和簡單的投票後，選出了旅行地點溫泉村。

這些對陳怡婷來說意義不大，班會之後，她回到座位收拾東西。

「因為班會的事比較重要，我不是不關心學校。」

「再見。」

陳怡婷不打算理會林羽，大步走出教室。

她不想多說話。

生氣是其中一個不理會林羽的原因，不過另一個原因，是她沒時間。作為遠天高中圖書館的首席管理員，也是校內唯一的圖書館管理員，她需要到圖書館裡當值。

◆◎◆※◆※◆◎◆

圖書館裡——

「為什麼就那麼想去旅行，而不去想想怎麼拯救自己的學校呢？」

陳怡婷咬牙切齒的自言自語著，在學校圖書館的櫃檯裡，對著那臺借書機生悶氣。這一刻，任誰都能感覺到圖書館首席管理員身上所散發出來的憤怒。

這氣場讓本來想辦借書手續的男生猶豫著……

——要不要把書遞過去？還是再等一下？她好像很憤怒？是不是我不小心做錯了事？我剛才應該沒有大聲喧譁吧？

當他在內心掙扎著的時候，陳怡婷終於注意到他。

她頓時把臉上的憤怒收起，如變臉般向他揚起微笑，問道：「這位同學要借書嗎？」

「不不不不，我、欸……」

需要借書的男生搖了搖頭，一陣手忙腳亂後，才把手中的書遞出去，「不對！是的，我要借書！」

「噗。」

陳怡婷笑了一聲，用掃瞄器掃過書封上的條碼，翻開書本，在記錄日期的記錄卡上蓋下歸還日期的印章。

「好了。」陳怡婷把已經完成借閱手續的圖書遞回去。

「謝謝。」臉紅起來的男生接過書後，逃跑似的離開圖書館。

陳怡婷收起公關式的笑容，又想起剛才班裡的情況，思考著有什麼行動可以喚醒同班同學拯救學校的心……

時而咬著牙憤慨，時而皺起眉頭深思。要是不清楚陳怡婷性格的人，大概會以為她有點神經病。不過，了解她的人都知道她只是有點神經質。

因為陳怡婷做任何事都是全心投入。

◆◎◆※◆※◆◎◆

呆坐空想的陳怡婷，直到離開學校還是沒能想出除了再次在班會上發言之外的方法。曾經試過這種行為一次的她，明白這方法根本沒有任何作用，只會被同學們嘲笑、被本來應該是同伴的班長林羽放棄。

「要是我知道他們在想什麼，也許就可以扭轉他們的想法！」

陳怡婷搖了搖頭，又敲了一下自己的頭。

「但我又不是他們肚子裡的迴蟲，啊呀~為什麼我會這麼笨啦！」

敲頭的力度沒多大，剛好把包包頭的髮網打甩，右邊微捲的馬尾因而散了下來。

「連髮網都在欺負我！」

陳怡婷說著氣話的同時，把另一邊也放了下來。從本來有點可愛的中國風包包頭髮型，改成了及肩長的微捲雙馬尾。這時她才發覺自己的動作和自言自語的行為有點怪異，轉身觀察了一下四周。

「還好沒人注意。」

傍晚六點的街道上並沒有太多行人，即使出現路人甲乙丙，基本都只低頭看著他們手上的手機，或是匆匆忙忙趕回家。並沒有留意陳怡婷的傢伙，因此也沒人指著她大笑。

沒人看見自言自語、行為怪異的陳怡婷，不代表她沒看見其他人的怪異行為——這種事不是二元論的結構。

「那個男生是……徐于硲？怎麼戴上了黑框眼鏡？喬裝？」

陳怡婷皺起眉頭，她發現一位戴著黑框眼鏡的男生手拿著手機，跟她一樣，東張西望了一會才鬼鬼祟祟地轉身走進小巷裡。

「他要幹什麼？」

平常的陳怡婷絕不會對一位普通的同班同學那麼上心，但今天班會上發生的事以及圖書館裡生出的想法，勾起陳怡婷想了解其他同學的念頭。

陳怡婷要真正了解他們的想法——從他們不經意的一舉一動之間，滲漏出來的想法！

——這麼鬼祟或許還可以抓住他的尾巴，以此要脅幫忙！

「什麼要脅，我又不是變態！」

作為女生的陳怡婷，自來熟的個性也沾上了一些八卦基因。家裡沒有門禁的她，自然而然地讓自己的身體跟隨著本心行動，快步追了過去。

陳怡婷距離小巷有一百公尺左右，當她趕來時，徐于咎早已走遠。

「我沒有跟蹤，也不是跟蹤狂。」

陳怡婷在進入小巷的時候，還自言自語了一遍那些誰都不相信的話。

試問：徐于咎是個怎樣的人？

一、不顯眼，說話不多，成績不好不壞，沒有被老師在班上表揚過。

二、與同學的交流不多，但又不是那種孤獨甚至孤癖的人，在班上會向別人說句早安，有時會跟其他男同學聊天……

「等等……這些完全是陌生人的觀察報告！」

陳怡婷終於發現自己一點都不了解徐于咎，因為他在班上幾乎是個不存在的話雖會發現但不會在意，存在也會發現卻同樣不會在意的普通同學。

——徐于咎是一個普通得不能再普通的學生。

陳怡婷在絞盡腦汁之後，做了個總結。

突然間，一陣由年幼男童發出的呼救聲傳進陳怡婷的耳中——

「放我走！」

陳怡婷皺起眉頭，腦裡的理性警告她，接下來有可能會遇上危險，但好奇心卻要求她前進。在前進與回頭間，好奇心稍勝，驅使她繼續邁出步子。

來到小巷的轉角處，陳怡婷小心翼翼地偷看男童呼救的地方，是在轉角外的空地。

「放我走！」

一個只有十歲左右的國小男童正被一群國中女生團團圍著。

「怎麼可以！你那天不是很神氣地欺負小庚家的弟弟嗎？」

「妳們不可以這樣的、妳們不應該這樣的……放過我可以嗎？」男童的眼神游離，聲音變得弱了起來，一副心虛的樣子。

「那你怎麼沒放過小庚家的弟弟——蛤？」

如果說正義感，陳怡婷身上絕對有很多存貨，要形容為過剩也無不可。

在順遂的高中生活中，還不至於把她的菱角磨平，而且身為班長的她更不時要負起管束同學的責任。要是平常的時候，她一定會馬上衝出去，英勇地救出那位被圍著的男童，再狠狠地責備那群國中女生。

畢竟對方只是幾個國中女生，即使陳怡婷的身材比較嬌小，力氣也不甚大，但作為高中生的她自覺能夠阻止她們。

可是現在的她並沒有那樣做……

「別出去。」

因為在她挺身而出伸張正義之前，被人叫住了。

「哇~啊！」被嚇了一跳的陳怡婷，轉過頭，指著身後緩步走來的徐于咎，「你你你、你不是走在我前面的嗎？」

徐于咎笑而不語，指了指旁邊的岔路。

「……好了，不說這個。」陳怡婷的臉紅了一點，問道：「什麼別出去？那群女生在欺負小男生！」

「可憐之人必有可恨之處。」

「他需要教訓。」

陳怡婷一時間不太習慣徐于咎這種文謅謅的說話方式，睜大眼睛反問：「欸、哈？」

「也、也不是這樣給教訓的吧？一群女生把人圍著，接下來很可能就是拳打腳踢。」陳怡婷皺起眉頭，顯然徐于咎的解釋無法說服她。

「不是可能，而是一定。」徐于咎點頭肯定陳怡婷的猜測。

「那你還在這裡看戲？」正義的陳怡婷，語言間包含著憤怒。

「妳應該用『我們』。而且我不是看戲……這場面是我設計的。」

「什麼、欸？」

徐于谽用食指指向空地的方向說道：「正被欺負的小學生……嗯，因為不方便說出名字，就叫Ａ君好了。」

「你想說什麼？」

徐于谽舉起食指放到嘴唇前，讓陳怡婷別忙著提問，自顧自地陳述：「Ａ君把同學Ｂ君打了一頓，而今天Ｂ君的姐姐帶著朋友甲乙丙回來找Ａ君報仇。」

「被打的Ｂ君沒事吧？」

徐于谽聳肩，「Ａ君之所以要打Ｂ君，是因為Ｂ君在班導師檢查書包前告密，令Ａ君和其他同學帶來學校的違禁品被沒收。如果這件事沒人知道的話，並沒什麼大不了，但壞事的地方正是Ｂ君幸災樂禍，嘲笑被沒收違禁品的Ａ君，因此Ａ君懷恨在心，再進行報復。」

「這Ｂ君真是欠打……不對！」陳怡婷搖了搖頭，正色道：「即使Ｂ君有什麼不是，打人就是不對。嗯，不管是討回公道的姐姐，還是不忿而出手的Ａ君！」

「有因有果，所以這是教訓無誤。」徐于谽沒理會她的話，自顧自地說著的同時，從口袋之中拿出一個只有巴掌大的小型喇叭。

陳怡婷收起班長專屬的教訓嘴臉，疑惑地看著徐于谽，「欸，不對，你……你怎麼知道的？等等、剛才你好像是說這場面是你設計的？」

「Ｂ君的姐姐是我約過來的，而正被欺負的Ａ君，亦是由我叫來的。」徐于谽坦白道。

陳怡婷瞪大眼睛，微張著嘴，驚訝得說不出話。

「我妹妹是他們班上的風紀股長，所以我用點手段就能得到雙方的電話號碼，再用兩個新的帳號同時向雙方傳出簡訊。」徐于咎又從口袋裡取出接線，把小型喇叭連接到手機。

「唔、等一下……我現在有點亂。」陳怡婷拍了一下額頭，想要理清線索。

只不過陳怡婷很快又搖頭了，爽直的她拋棄分析的念頭，直接向徐于咎問出最重要的問題：「先別說那些五四三，你不打算救那個A君嗎？」

徐于咎閉上右眼，一副「妳沒看見嗎」的表情說道：「我正在救。」

「欸？」陳怡婷重新打量著徐于咎，沒看到他身上有用來攻擊或是驅趕他人的武器，只看見他手上連接著小型喇叭的手機。

「拳頭在近，道理在遠，警察不可能那麼快來到！」陳怡婷不理解。

「不是。」徐于咎把手機和小型喇叭放到地上。

「不報警？不對、你在做什麼？」

「戴耳塞。」

放下手機的徐于咎再從口袋中拿出一對耳塞塞進耳朵。

陳怡婷依然不解：「欸、什麼？」

徐于咎淡淡地道：「我只有一對，所以妳要自己掩著耳朵。」

「我不掩！好奇怪啊你，到底要做什麼——」

陳怡婷沒能把接下來的話說出口，因為下一刻，在地上的小型喇叭突然發出一陣連續又吵耳的鳴笛聲。

「嗶嗶嗶——」

這是一陣屬於警車行動時放出的鳴笛聲。

剛剛一秒之前才說過不掩耳朵的陳怡婷，馬上用雙手掩著自己的耳朵，氣急敗壞的模樣如同荒野中被狐狸追趕的白兔。

「口嫌體正直啊妳。」徐于咎微笑。

「要你管！」

陳怡婷漲紅著臉，又嘀咕道：「你、你應該要早點說的……」

「我不是有提醒過妳嗎？」

「欸、也是，不過……不過你應該要再說一次，再解釋一次！」陳怡婷鼓著臉說道。

「重要的事要說三遍嗎？」

陳怡婷尷尬地點頭，頓時說不出話來。只是不服氣也好，不爽也罷，正掩著耳朵的她覺得很委屈。

陳怡婷又瞄了徐于咎一眼，兩人四目相覷不到半秒，臉變得有點熱，因此她決定暫時不再跟這個討厭的徐于咎說話，把注意放到空地去——

此時，不管是剛才被欺負的男童，還是那一群欺負別人的女生，都已經不見了。

「真的有用欸～」

雙手掩耳的陳怡婷，轉過頭笑道：「他們走了。」

「我知道。」徐于corner沒有親眼去看，更沒有像陳怡婷那麼興奮，靜靜地把鳴笛聲關上，收拾地上的東西。

「欸……哼！」

陳怡婷記起自己上一刻還不想跟徐于captured說話，因此立即閉嘴，再仔細打量眼前這位，她一直都覺得平平無奇的同班同學……

鳴笛聲停了。

收拾好東西的徐于captured向陳怡婷道別：「我走了，明天見。」

「等等。」

陳怡婷下意識拉住徐于captured。

「有事？」

陳怡婷愣了一下，連她自己都不知為什麼要拉住徐于captured。她支支吾吾了一會後，才輕聲問道：「為、為什麼要做這種事？」

「妹妹是他們班上的風紀股長。」

「蛤？這是理由？」

「對我來說是。」徐于captured很認真。

「但是沒需要做到這種……這種程度吧？」

徐于咎的臉上露出微笑，「不算什麼程度，都是些上不了大場面的小手段和小聰明。」

「哎？」陳怡婷驚訝，不自覺放開了手。

「真的再見了。」

徐于咎向陳怡婷揮了揮手，步速不快也不慢，消失在小巷的出口處。

「小手……段？」

因震驚而變得呆滯的陳怡婷，皺著眉一邊唸著那三個字。

突然靈光一閃，陳怡婷拍了一下自己的額頭，眉頭舒展開來。

「這不是什麼小手段！」

自說自話的陳怡婷又重重地點了點頭，「有這種行動力、有這種策劃能力的傢伙，只要得到他的幫忙，我們的學校就一定有救！」

在經過這一點都不仔細，而且滿布著衝動的思考過後，陳怡婷下定了決心，一定要把徐于咎拉上自己的戰船，成為一起進行拯救學校行動的同伴！

◆◎◆※◆※◆◎◆

又一天的時間過去了。

「鈴～」

放學的鐘聲響起，二年甲班整天的課堂結束。

二年甲班由班導師說了幾句有關秋季旅行的嘉言後，宣布放學。教室裡的學生們各自收拾書包準備離開。

班長陳怡婷今天依舊提出廢校的事，但跟昨天的激昂比較起來，今天她不過是「提了一下」，像是「刷存在感」的輕微程度。

「她應該不會再煩我們了。」

「她已經知道事不可為吧？」

大家都認為這位血液時常沸騰的班長已經冷靜了下來，而且擁有這種想法的同學占了大多數。不，應該是所有二年甲班的學生，甚至連班長林羽都那麼覺得。

但……

唯有一位二年甲班的男生對此嗤之以鼻！

「圖書館的首席管理員小姐，妳今天不用當值嗎？」

陳怡婷洋洋自得地說道：「中午我在圖書館門外已經貼上公告，公告放學後的開放時間延後十五分鐘！」

「喔？」

「我要用十五分鐘的時間說服你來幫忙！」

徐于咎點頭微笑，「真是辛苦了。」

「欸？我很有誠意！」陳怡婷有點不滿又嚴肅地說著。

「必須的。」

陳怡婷似乎沒聽出徐于明這句話裡的煩厭，又張口道：「所以你就從了我吧。」

「不，我沒空。」徐于明果斷拒絕她帶著歧義的話。

前言所說的唯一一位不認同陳怡婷已經放棄的男生，正是現在被陳怡婷糾纏著的徐于明。可憐的他在離校時，被早一步埋伏在校門外的陳怡婷抓住。

「你又沒參加社團，又不是學生會幹部，現在功課又不多，怎可能沒空？」陳怡婷理所當然地說道。

「呵。」徐輕笑了一聲。

「喂——我真的有查了一下，你的確沒有參加任何社團，而且這有什麼好笑？你是打算忘了自己的母校嗎？你這個人忘恩負義！」

「妳啊……」徐于明閉上眼睛，搖搖食指，「真的有了解過我嗎？」

「自自自、自然有！」陳怡婷色厲內荏。

下一瞬間——

徐于明彷彿化身變態，快速踏前一步，雙手張開，作勢要抱住陳怡婷。

「啊啊！」陳怡婷被嚇得尖叫，退後一步。

徐于明的雙臂在快要碰上陳怡婷的時候停住，在她耳邊輕聲問道：「……如果我是個神

經病，妳要怎麼辦？」

被嚇得退了一步的陳怡婷，放開徐于咎的書包肩帶，花容失色，「但但但你不是……」

「呵呵，誰說不是？妳嗎？還是我自己？」徐于咎搖了搖頭，轉身離開。

「我說你不是就不是！」

「呵呵。」

徐于咎已走遠。

陳怡婷對著徐于咎的背影狠狠地揮了一下拳頭，咬牙切齒地叫道：「我會去好好了解你，給我等著！」

吼完這句的陳怡婷，像是被擊敗的白兔，沒精打采地回到學校。

◆◎◆※◆※◆◎◆

無緣無故被徐于咎嚇了一跳，陳怡婷不打算馬上去圖書館當值，而是來到學校頂樓。

不少高中的頂樓都是不開放給學生使用，原因不外乎危險和擔心學生幹些不當的行為。

不過，遠天高中的頂樓從建校至今，都沒停止開放給學生和教職員使用。雖然開放的原因已經沒人能準確說出來，大多只會說那是第一任校長的決定云云，總之就是不可考。

可是在一年多之前，剛剛升上高一的新生陳怡婷，無意間來到頂樓，發現了一位在頂樓上靜靜閱讀的學姐。

理所當然地，陳怡婷發揮自己大膽又自來熟的性格跟學姐混熟，成為朋友。又在一次閒聊裡，陳怡婷向她提出那個問題，得到一個跟她預想不太一樣的答案——

「討論之前為什麼會開放？那沒有意義。因為要如何把美好的東西傳遞下去，才是我們需要了解的事。」

今天陳怡婷想起一年前得到的答案，所以想要在這位亦師亦友的學姐身上得到一些從其他同學身上得不到的支持和決心。

頂樓上的擺設並不多。

陳怡婷聽說在十多年前頂樓曾經有過花園化的行動，不過當她得知頂樓可供學生使用時，花園裡的花早就消失。只留下一些陳舊的椅子、破爛的桌子和空蕩蕩的花盆而已。

陳怡婷推開頂樓大門，看向坐在陳舊椅子上正專心看書的長髮女生，大聲叫道：「哈囉～朋子學姐！」

「喔。」

名叫王朋子的長髮女生抬起頭，清秀又有點冷漠的臉上揚起一絲微笑。

「我來打擾哦～」

王朋子皺起眉頭，擺出一副教訓後輩的表情，嚴肅地問道：「怎麼不去圖書館當值？」

「誒嘻嘻～」陳怡婷傻傻地笑著，「前首席大人，小的一會就去啦。」

說罷，陳怡婷三步併作兩步，不到三秒的時間就坐到王朋子的旁邊，習慣性地依在她的肩膀上，用臉蹭她。

「嗯。」

王朋子已經習慣陳怡婷這麼親密的舉動，然後依照慣例地把手中的書本合上，撫了一下陳怡婷的頭髮，「是有什麼煩惱的事嗎？」

「是的。」陳怡婷抬頭，希冀地看著王朋子的臉。

王朋子的手還在撫著陳怡婷的頭髮，問道：「記得我推薦妳成為圖書館管理員首席的時候嗎？」

「嗯嗯！」

「就連金群群也是一臉不相信的樣子，當時大家都覺得妳是個只會搗亂的吉祥物，就像在班級的活動時那樣，絕對不可能承擔起首席的任務。」

「他們是嫉妒！」

「他們看不見妳的努力，更看不見妳認真時的專注，所有人只看見妳耍寶時的蠢萌。」

「唔～」陳怡婷在王朋子的懷裡扭了扭，「不知道學姐是在誇人家，還是在損人家。」

「呵呵。」王朋子輕笑了一聲。

「嘖嘖，他們因為不服氣全跑了，但事實證明只有我一個，圖書館還是妥妥的！」

王朋子又摸了一下陳怡婷的頭髮，「我的眼光沒錯，但只有妳也不是辦法，放學後都沒私人時間吧？妳是時候去找他們回來了。」

「唔，為什麼要我去？他們怎麼不自己回來？我一直都在圖書館裡等他們回來。」陳怡婷的語氣中還是帶著倔強。

「妳啊……」

良久……

「學姐，廢校的事妳知道嗎？」

「知道。」

「那學姐——」

「改不了的。」

陳怡婷愕然，「哎？」

「廢校是改不了的事實。」

「不、不會沒辦法。」

陳怡婷搖頭，雖然是對王朋子說著，但更像是對自己說道：「我不想這處頂樓、圖書館，還有很多很多的東西失去延續，我怕會等不到他們……這些東西停止在我手裡的感覺很不好……非常不好！」

「不過這終歸是沒辦法的事，我們沒有改變的能力。」王朋子又撫了一下陳怡婷的頭。

陳怡婷沉默下來，重新把臉埋到王朋子的懷裡。

「既然大家都沒能力改變就不需要想太多，做好自己手中的事就可以了，畢竟那是不可逆的現實。」

「唔。」

過了一段不長的時間，陳怡婷終於重新睜開眼睛，站了起來，向王朋子道別：「朋子學姐，我回圖書館了。」

「嗯。」

沒有得到支持的陳怡婷，孤身一人離開學校頂樓。

02 君子可以欺之以方，毒士可以欺之以……

地點：國立遠天高中圖書館。

時間：六點。

「怡婷～」

一陣軟糯又甜美的聲線在圖書館櫃檯前響起。

「別來煩我，我在忙。」

在櫃檯裡低頭閱讀的陳怡婷並沒有抬頭，而是像聽見蒼蠅飛舞時的嗡嗡聲，揮手試圖讓那隻蒼蠅遠離自己。

「妳已經看很久了哦～」

聲線的主人不是討人厭的蒼蠅，而是一個戴著厚鏡片眼鏡、留著一頭金色長髮、身形富態的年輕女子。

「未找到可以說服他的辦法前，我是不會放棄的！」陳怡婷的注意力依然集中在書本的世界裡。

「但是圖書館到了關門的時間呢～」

「別煩我……欸？」想要再說話的陳怡婷突然愣了一下，抬起頭，看向那個站在她前方的年輕女子。

「群群老師現正報時：六點整～怡婷快點關門唄～」

這位年紀比陳怡婷大九到十歲的圖書館助理老師金群群，也是圖書館裡有名的冗員。基本上大部分圖書館裡的工作，都是由歷任的圖書館首席管理員獨自完成。

「知道了。」

心情不太好的陳怡婷不得不合上她手上的心理學書籍，收拾起那些放在櫃檯上的書本和物品。

「話說~怡婷要說服的人是誰呢？群群老師可以知道嗎？」金群群裝隨意似的問道，但實際上金群群在聽見「說服」這個詞時眼神就變了，變成狩獵八卦的女獵人！

「是班上的一個男生。」陳怡婷沒發現金群群想歪，像平常聊天一般說著。

「哎？」金群群像發現新大陸，雙眼的八卦之魂猛烈地燃燒，「是看上了哪個男生嗎？對吧對呢？」

陳怡婷下意識地點頭，「算是看上吧，不過他拒絕了我一次。」

「拒拒拒、拒絕？怡婷妳已經向他告白過了嗎？」

「嗯？」陳怡婷歪頭。

「告白過了嗎？」

「……告告告告告告、告什麼告白？」陳怡婷馬上反應過來，臉微微熱了起來，「才不是那種看上！」

「欸~」金群群拉長了尾音，浮誇至極。

「妳想歪太多！」面對反應很大的金群群，陳怡婷反而冷靜了下來，開始解釋：「學校要被廢除了妳不是也知道嗎？我是想找人幫忙的那種『看上』！」

「喔喔喔～」金群群半信半疑。

「事情是這樣的，我那天發現了他在搞這樣那樣的事，後來又覺得讓這種人來幫忙似乎不錯，只是他竟然在耍賴！」

「呵呵，真是個有趣的男生。」金群群掩著嘴，像是貴婦一樣笑了起來，「要是群群跟你們同樣年紀，我應該會迷上他，很帥氣呢～」

「他一點都不帥，病厭厭的。而且我說了，我跟他不是那種關係！」陳怡婷氣急敗壞的解釋，然後將話題丟向對方：「妳不好好關心今年之後會沒工作嗎？」

「安啦安啦，群群老師有家裡養著。」金群群一副「我懂」的表情，又說道：「所以怡婷現在是想要抓他來當壯丁？」

陳怡婷並不知道金群群是真懂還是假裝明白，不過她還是更正金群群的話，說道：「是讓他幫忙出謀劃策，並不是什麼抓壯丁。」

「嗯嗯，怡婷第二次見面就把他惹毛了呢～」金群群又笑了起來。

「不用重複告訴我幹了什麼蠢事！」陳怡婷不滿地瞪了金群群一眼。

「哇哇～人家好歹也是老師，不要這麼凶好嗎？」

「嘖嘖、妳這個圖書館裡的冗員，都不知道妳到底是怎麼留職到現在！」

「嗚嗚～群群可是老師哦，別這樣罵人家好嗎？」

陳怡婷嘆了口氣，一副「我竟然會蠢得向金群群這戀愛腦老師提問」的失望樣子。

「怎麼不說話，生氣了？」

陳怡婷聳肩，無可奈何地說：「雖然覺得問妳也是浪費時間，不過應該還是可以給我點建議吧？」

「嗯？」金群群大眼眨了眨。

陳怡婷臉色一黯，遲疑了一會才說道：「我不知道現在要怎麼繼續下去……」

「嘛～剛剛讀的書沒教妳？」

「要是書裡有寫方法，我早就離開，還杵在這裡？」陳怡婷白了金群群一眼，心裡又補充一句：要是早知道就根本不可能向妳這傻瓜問計。

「吶、男生對女生的請求都很輕易就會答應的，不過你們的關係要是可以再親近一點，答應的機會就更大了呢～」

陳怡婷皺眉，嘀咕道：「關係親近？」

「就是朋友、愛徒、乾妹妹、女朋友，甚至是老婆的請求，男生大多都不會狠心拒絕，像我先生就完全不會拒絕人家呢～」

陳怡婷自動無視金群群最後一句屬於炫耀的話，但是那一句之前的話卻驚醒了猶在夢中的她。

——只要讓親人拜託徐于明，不就行了嗎？

陳怡婷生出眼前一亮的感覺，思緒豁然開朗起來。

「想出辦法了嗎？」

「哼哼，自然是想出來了。」陳怡婷神秘地笑了笑。

「欸～快告訴群群老師～」

「才不！」

「別這樣好嗎？」金群群搖了搖陳怡婷的手臂。

陳怡婷向她做了一個鬼臉，揹起書包，由口袋中掏出鑰匙，「我要關門了！」

「等等～」

「不等！」

「怡婷～」

◆◎◆※◆※◆◎◆

君子是什麼？

小人是什麼？

陳怡婷在書上讀過不少，要說明白卻還不是太明白，只能算是有點了解的程度。

即使如此，她也知道對付不同的人，就要用不同的方法。如果把對付君子的方法拿來對付小人，自然會事倍功半；而用小人的方式對付君子，同樣是事倍功半。

只有用對方法，才可以事半功倍，一次定乾坤！

「鈴鈴鈴～」

下午五點，正好是遠天區小學的關門時間。在學校裡進行社團活動、被罰留校自習的小學生們都準備歸家。

而在這所國小校門前站著一位個子不高、穿著遠天高中制服的包包頭少女，她一副等待接妹妹弟弟放學的樣子。

不過，大家都不知道這位大姐姐陳怡婷，其實是家中的獨生女，也沒有表妹堂弟之類的親戚在遠天區國小就讀。

所以，陳怡婷並不像其他人所想的那樣是在接放學的弟弟妹妹，她到這裡的目的只有一個——說服徐于呇的妹妹，再讓她說服徐于呇！

儘管……聽起來一點邏輯都沒有。

有誰會理會自家那位不到國中年紀的妹妹勸告？即使陳怡婷自己也不會聽表弟和堂妹的話，但是她覺得自己的行動會獲得成功。

這僅是她的直覺，完全沒有依據！

話說回頭，陳怡婷在其他人的眼中，是個十分緊張妹妹的姐姐，因為每當有學生走出校門，她都會上前提問——

「同學你好。」

剛剛走出校門的小胖子愣了一下，才應了一句：「嗯？」

「姐姐有點事想問一下你哦！」

陳怡婷臉上揚起很是和善可親的微笑，再加上本來就很可愛的臉蛋和髮型……在校門當值的老師和校工沒有懷疑，因為陳怡婷不是形跡可疑的怪人。要問為什麼？壞人哪會那麼可愛！

「請請、請問有什麼事？」

「我的妹妹還沒回家，不知道她還在不在學校，有點擔心她。」陳怡婷皺起眉頭，利用昨天看的心理學書籍編了一串聽起來很真實的謊言。

「欸？」小胖子歪了歪頭。

「我的妹妹是風紀股長，姓徐的，認識嗎？還在學校嗎？」陳怡婷裝出一副心急火燎的樣子，語調更是變快了一點，仍是心理學書籍的現學現賣。

「姓徐？我們班上的風紀股長？」

陳怡婷雙眼亮了起來。

因為她不惜提早半小時關圖書館來這裡，終於有收獲了。小胖子的回答讓陳怡婷感到在

這裡裝模作樣的努力沒有白費，接著她向小胖子追問：「妹妹還在學校裡嗎？」

「剛剛在教室那邊幫忙管理被罰的學生，我比她早離開一點而已——」小胖子說著的同時回過頭，看向校門那邊。

「出來了。」他突然指著那個正緩步走來，揹著一個紅色書包的短髮女孩大叫。

「喂，風紀股長，妳姐姐來了！」

「啊、啊……啊、欸！」

陳怡婷沒想到事情會這麼順利，而且順利過頭！

完全沒有想到這小胖子會突然大叫，她甚至連徐于晗的妹妹叫什麼名字都不知道！

心亂如麻的陳怡婷發現，如果現在被抓住拆穿的話，完全沒有辦法解釋自己為什麼會出現的理由，而且絕對有很不好的影響。

明天的西森新聞上，大概就會出現什麼「在國小門外意圖不軌的女高中生」、「因追求男同學未遂報復其妹的女高中生」、「女高中生苦戀國小女生」等等，奇怪又斷章取義且沒有根據的頭條標題！

為了避免這種事情發生，陳怡婷現在可以做的事，只有馬上轉身逃跑和立即轉身逃跑。

可是在她做出反應前，迎面而來的短髮女孩沒有表現出驚訝，也沒有表現出愕然，僅是打量了她一眼。

「怎麼來了？」

「欸、欸……」陳怡婷歪頭。

短髮女孩「切」了一聲，不耐煩地說道：「不是說了很多次，妳別來學校的嗎？」

「欸、欸……欸？」陳怡婷看了看這位應該是徐于咎妹妹的女生，又看了一下校門前想要過來勸導的校工和當值老師，腦子裡還處於空白狀態。

短髮女孩控制著整個空間的節奏，沒有讓事態再發展下去，在當值老師和校工過來了解前快步上前，一把拉住大腦當機的陳怡婷，叫道：「走了走了，煩人的傢伙要過來了～」

「哦……」

小胖子向仍是呆呆的陳怡婷揮了揮手，而校工和老師在那邊指指點點，似乎對短髮女孩對待姐姐的態度很不滿。

陳怡婷就那樣糊里糊塗被短髮女孩拉著，最後來到一家甜品店……

「我要特盛草莓冰淇淋。」

短髮女孩下完命令後，就走到兩人座的位子坐下，再從書包裡拿出課本和文具，做起了功課。

除了正走向櫃檯的陳怡婷覺得莫名其妙和不知所措外，誰都覺得這小女生真是乖巧。

「如果是我的女兒就好了。」

「沒錯，會自己做功課呢～」

這時，穿著紅色制服的店員微笑著向陳怡婷問道：「小姐，請問要點餐嗎？」

「是！」聽到詢問，陳怡婷從恍神之中回復過來，尷尬地向店員笑了一下，「兩個特盛草莓冰淇淋。」

「好的，總共四百塊。」

本來打算付款的陳怡婷像是中了定身咒，瞪大眼睛向店員確認：「特盛草莓冰淇淋要、要兩百塊一杯？」

「是的。」店員點了點頭，眼神中帶著鄙夷，心裡看不起陳怡婷，竟然連兩杯冰淇淋都覺得貴。

陳怡婷的眼角抽搐了一下，十分不情願地從錢包中拿出兩百塊，不捨地放到店員的面前，說道：「呃……只要一杯。」

心裡鄙夷的店員臉上保持著微笑，「好的，這是牌子，一會送到妳們的桌子去。」

「嗯，貴貴的。」

嘀咕著的陳怡婷拿著牌子朝座位走去，只是步調有點慢，想不出怎麼跟這位徐于咎的妹妹開口說第一句話。

醜婦終須見家翁，陳怡婷終究還是來到短髮女孩的前方。

「妳好，我是——」

「坐吧。」短髮女孩頭都沒抬，寫作業的筆沒停下，語氣平淡又漫不經心：「我覺得妳第一句應該會用我哥的朋友來做自我介紹。」

「欸、唔、啊……是的，我是妳哥的朋友，就、就是這樣介紹。」陳怡婷愣了一下，突然有種前方的短髮女孩不是徐于晵的妹妹，而是徐于晵本人。

「不少人用這種藉口，大多都是用『找我哥幫忙』之類藉口的女生，不過有時候也有男生，呵呵，是那種喜歡男生的男生。」短髮女孩說到這一句才抬起頭，看著陳怡婷，沒有表情的撲克臉。

「我叫徐于莉，妳的名字是？」

「陳……陳怡婷。」被完全說中的陳怡婷心虛道。在徐于莉面前，她有種完全被壓制的感覺，就像那天面對徐于晵一樣。

「嗯、陳怡婷，不錯的名字，比汙泥什麼的要好很多了。」徐于莉自嘲地笑了一聲。

「于莉也很好……」

「謝安慰。」

徐于莉突然舉起了一根食指搖了搖，直視著陳怡婷說道：「這次特盛草莓冰淇淋算一筆勾消，下次別再想走妹妹路線，要知道此路不通。」

「……對不起。」立心不良的陳怡婷，真心實意地向徐于莉低頭道歉。

「哼。」徐于莉冷哼了一聲，又自顧自地說道：「通常道歉並不是真的想要道歉，因為十次的道歉之中，有九次都只是為了接下來的話做準備，也即是說——這道歉是用來打開我

的心防。」

「不是這樣的，我真的要找妳哥幫忙——唔、欸……」陳怡婷發現自己又一次被徐于莉說中了。

兩人尷尬的時間沒多長，因為店員很快就拿來草莓冰淇淋了。

「妳們點的特盛草莓冰淇淋。」

在店員離開了之後，徐于莉才笑道：「我沒說錯吧？」

雙方又一陣沉默。

「嗯、也不用解釋，別浪費腦細胞在這種地方，妳並不是第一個找我的人，所以我都知道和清楚你們的話語、做法和行動。真的，我知道。」徐于莉冷冷地盯著陳怡婷。

「是是、是嗎？不對，我真的不是妳想的那種——」

「我……沒有解釋。」陳怡婷著急得快搞不清楚自己在說什麼了。

徐于莉拿起了特盛草莓冰淇淋旁的小湯匙，搖了搖，說道：「不用解釋。」

比起跟陳怡婷說話，徐于莉似乎對草莓冰淇淋更有興趣，視線全都集中在特盛草莓冰淇淋上。

「大家都這樣說，所以我就那樣聽著。誰叫大哥的桃花運太強，連作為國小生的妹妹都已經能接觸這些無聊事情的程度。」

「妳哥……好像不是那麼受歡迎。」

陳怡婷疑惑起來，因為徐于咎在學校裡只是個普通得不能再普通的男生。樣貌不算出眾，成績中等，要不是在後巷裡的行為被她遇上的話，她絕不會在意徐于咎。

這樣的徐于咎，明顯跟「桃花運太強」這種狀態完全扯不上關係！

徐于莉一邊吃著冰淇淋，一邊聳肩道：「不管怎樣都好，妳一定沒機會，因為我大哥不會喜歡年紀比他小的女高中生，他喜歡成熟一點的職場女性。」

「比他小？」陳怡婷皺眉道：「我跟妳哥同年……」

「同……同同、同年！」

這一瞬間，徐于莉歪著頭，瞇起她那一雙大眼睛。

「妳哥跟我同班。」

要不是這時徐于莉的氣場很足，與那天的徐于咎有八成相似，陳怡婷都要開始懷疑自己有沒有找錯人。

徐于莉放下小湯匙，深吸了一口氣，神色認真地問道：「不好意思，請問妳認識的是徐于直還是徐于咎？」

「徐于咎。」

這一瞬間，徐于莉的臉終於有了變化。

「唔——」神色變幻不定的徐于莉，又拿起了小湯匙咬著，發出一陣沉吟聲。

陳怡婷小心翼翼地問道：「徐于咎不是妳的哥哥嗎？」

徐于莉裝作沒聽見，小心地用小湯匙在特盛草莓冰淇淋上挖下一口，再放入口中，滿足地說道：「真好吃呢～」

陳怡婷發現這時的徐于莉終於變得像個國小女生，那樣子看起來是那麼天真、那麼無憂，還有那麼快樂……

「咳咳、徐于明是妳哥哥嗎？」

「剛才妹妹我說的話都不是真的，請忘了，誒哈哈哈～」徐于莉敲了一下自己的頭，單著眼伸舌頭，一副可愛小女生的模樣，「怡婷姐姐要讓二哥幫什麼的忙呢？妹妹一定會支持的哦！」

「欸、什麼？妹妹？二哥？啊、唔？」陳怡婷反應不過來。

「嘻嘻、我二哥平常很低調，又沒什麼朋友，不過呢～他最聽我的話，所以就放心拜託妹妹我吧！」徐于莉拍一下自己平平的胸口。

這瞬間，陳怡婷覺得這個世界變得有點不真實……

但想不通就不去想向來是陳怡婷的優點，她不會放棄這個大好機會！她立即將請求幫忙的事情從頭開始說了一遍，其中包括在小巷遇上徐于明之後發生的小事。

「怪不得班上的那些傢伙變得安靜了，原來是發生了這種事。哼哼、二哥真是愛管別人的閒事～」

儘管徐于莉說著那件事跟她沒有關係，完全是徐于明這傢伙的自發行動，不過陳怡婷覺得徐于莉沒有明著指使，也一定有暗中驅使徐于咎行動。

因為……

陳怡婷知道在她面前的這個國小女生，絕對是一個比起徐于咎更懂得驅使他人行動的超級魔性之女！

「所以妳要二哥幫忙拯救你們那所已經確定要倒閉的高中？」

「是的，我需要他的策劃還有行動力。」

「不只呢~怡婷姐姐其實還需要二哥的才智。」

「也……也是啦。」陳怡婷的臉又紅了起來。

如果說智商的話，她自覺是絕對比不上徐于咎和面前這位徐于莉。

原因？僅僅第一次的見面，陳怡婷已被這對兄妹分別耍得團團轉，完全沒有反擊和反駁的機會。

「呵呵，先跟妳說一下。二哥雖然沒我聰明、沒大哥的魅力，不過只論『做事』一項，他比我和大哥要厲害一千倍、一萬倍！」

「欸？」

「注意，妳正在打開潘朵拉的盒子，所以……妳確定真的要找他幫忙？」

陳怡婷點頭，只是在她心裡覺得徐于莉有點危言聳聽。

——不就區區一個徐于咎，怎麼說得好像會放出一頭怪物。

「不是怪物，他是毒士，為達目的不擇手段的毒士。」

「我我、我有說出心裡話嗎？」陳怡婷大吃一驚。

「呵呵～要聽聽二哥其中一件事跡嗎？」徐于莉微笑。

陳怡婷遲疑了一下，才點頭說道：「要……」

徐于莉收起了笑容，表情變得認真，「我在國小一年級的時候，因為太聰明成績太好、太受男生歡迎，而被班上女生孤立。因此我向大哥求助。」

陳怡婷問道：「然後呢？」

「大哥不像二哥，他不會用自己的方式解決，所以他到學校向我的班導師反應……當然那沒什麼用，僅是讓那群女生沒有明著欺負，變成暗地裡進行欺負行為。」

「國小的時候，女生的欺負的確會變成那樣呢。」陳怡婷回想小時候的情況，贊同似的又點了點頭。

「二哥在不久之後知道我被欺負的事，然後……」

「他怎麼了？」

「當時在多蘭市唸小學的二哥，瞞著家裡向學校請了三天的假。他消失了三天的時間，沒人知道他做了什麼，更沒有人知道他去了哪裡。」

「欸？那妳怎麼知道的？」陳怡婷很合時地提出了疑點。

「因為有一次表姐問我說二哥之前請假是不是病了，他回學校之後的表情都超凶狠，像吃了大便一樣～」

「大便、科科……結果呢？」陳怡婷想到徐于明那張臉換成大便。

「三天之後，那群女生一共六人，在同一時間向學校提出要轉校，並且一一向我道歉，請求我的原諒。自從那次之後，學校裡再也沒有人敢惹我了，直到現在我還是學校中超然的存在。」

「欸？他怎麼辦到的？」

徐于莉聳聳肩，笑道：「妹妹也不知道，不過總覺得不知道比較好～」

「……好像很可怕。」

徐于莉「嘻嘻」的笑了兩聲，問道：「還有更可怕的，要聽嗎？」

「喔？」陳怡婷心裡有點猶豫，不過在好奇心的驅使下，她仍是點頭說道：「要！」

「咳咳～」徐于莉摸了一下鼻子，身子前傾，「知道我哥為什麼不在遠天市唸小學，而要到多蘭市去唸？」

「是把什麼東西搞垮了吧？」陳怡婷隨便地說道。

「搞垮嗎？也不太算，二哥曾在那裡唸過一間小學，在他離校後一年就招生不足，第三年就停止辦學。」

「這！」陳怡婷張大了嘴。

「不過，那時跟妳們這一次的情況不太相同，那次是二哥親手點著後爆炸的炸彈，這次

只是碰巧遇上而已。」

陳怡婷追問：「他做了什麼？」

「其實沒有什麼，只有一句話的長度。」

「一句話？」

「某些大人物來到學校的時候，二哥問了一句『為什麼男生洗手間比女生洗手間少了四間？』的話而已。」

陳怡婷歪頭。

「不明白？嗯嗯，我是知道當時正熱烈討論這種男女平等話題的年代，又是將近四年一次的投票日等等。總之，接下來引發了一堆事，童言無忌什麼之類的，妹妹我是不太清楚，只知道二哥接著就向母親要求轉校……」

「呃、我不太懂，但……妳二哥當時只是隨便說的吧？畢竟國小學生……應該不可能知道這種事。」

「所有人都那麼認為，只有妹妹我跟母親知道不是『碰巧』，而是有著『計畫』。」

「嗯？」

「那時妹妹我還小，所以二哥並沒有避開我做準備。他當時在房間裡可是把大人物的行動路線、對答、動作姿勢、關注的問題點、需要的表情、說話的語氣等等，全都一一列表出來，並練習了半年多的時間！」

陳怡婷吞了一下口水。

「絕不是偶然，而是看似『偶然』的『必然』！」

如果在今天之前，陳怡婷絕對不會相信小學生會有這樣的心計，不過在遇上徐于莉之後，她覺得徐家的血統似乎盡是陰謀和毒計，即使是年紀輕輕的小朋友都不可以忽視。

陳怡婷認為，如果徐家不盛產壞人，也一定是正義使者裡的「必要之惡」家族。

「等等……」陳怡婷想到了一個很嚴重的問題，「他為什麼要這樣做？」

「因為班上的女同學把他的便當偷偷藏起來，他向班導師報告後，班導師竟然還偏袒女生讓他息事寧人。」

「這樣就想廢除學校？他也太任性了吧？」

「呵呵～」徐于莉笑得不太自然。

「不過的確是個理由就是了……」

「從國中開始，二哥就變得低調許多，不再那樣鋒芒畢露。不過，知道了二哥真面目的妳，還要二哥幫忙嗎？」

「不管如何，我需要他的幫助！」

「唔，其實要說服我二哥一點都不難。」徐于莉沒有回答陳怡婷，而是吃著特盛草莓冰淇淋上的配料，「就在於妹妹我要不要跟他說而已。」

「他……都聽妳的話？」

徐于莉突然很嚴肅的說道：「如果用世俗的眼光來看，二哥是個重度妹控。」

陳怡婷皺了一下眉，下意識道：「有點噁心。」

「嘻嘻，不過二哥還有兄控、戀母情結和戀父癖等等的怪病……總之就是家裡需要的，他都會去做。」

「他……很愛家人？」陳怡婷對他有點改觀了。

「雖然不少時候都很便利，不過更多時候是讓作為妹妹的我，還有作為兄長的大哥感到困擾呢～」

「所以？」

「所以我們一直在找一個可以轉移這些麻煩的對象，像朋友、女朋友、男朋友、青梅竹馬之類的人，可是二哥沒有真正的朋友，而青梅竹馬的表哥和表姐跟二哥是差不多的存在，都是怪人。」

徐于莉閉上單眼，沒有拿著小湯匙的手裝作手槍，用食指裝成的槍口對準了陳怡婷，「而妹妹現在發現姐姐妳是剛剛好的人選，有足夠的熱情去融化二哥！」

陳怡婷吞了一下口水，雙手抱在胸前，吞吞吐吐地問道：「我……不會需要做些什麼事情吧？」

「什麼都不需要改變，只要保持妳一心一意拯救學校的魅力就可以。」

陳怡婷鬆了口氣，把腦裡那些奇怪又羞人的妄想丟掉，才點頭問道：「就是一直糾纏徐于明，還有在班上呼籲同學幫忙嗎？」

「是哦～」

不知不覺間，徐于莉已把那杯特盛草莓冰淇淋全部吃進肚子裡，開始收拾那些放到一旁的作業和文具。

「不說說妳的計畫？這樣就回家去？」

已經揹好書包的徐于莉，把一張抄寫了數字的紙片遞向陳怡婷，「嗯嗯，反正妳不懂，說了也沒用。」

「唔……」雖然被一位年紀小的妹妹鄙視了，可是陳怡婷神奇地沒有生出任何怒火。

「這是妹妹我的電話號碼，要記好哦！」

「是。」陳怡婷接過，又認真地問道：「我真的保持現狀就好了嗎？」

「現在的樣子和造型都很合適、十分可愛，二哥不會討厭的類型，應該還有點喜歡。」

徐于莉對陳怡婷豎起了大姆指，笑道：「總之其他就交給妹妹我，還有謝謝款待，特盛草莓冰淇淋很好吃！」

說罷，徐于莉頭也不回地離開甜品店。

手裡拿著電話號碼的陳怡婷，看著那個國小女生的背影，到了這時候還是有種不真實的感覺……

除此之外，還有對這間甜品店的不爽。

「不好吃哪能賣兩百塊！」

陳怡婷又看了一下錢包裡的錢，思考著是不是晚上到便利商店買特價時間的三角飯團當明天的午餐，因為她已經買不起普通的便當了。

◆◎◆※◆※◆◎◆

當天晚上，一個以米白色為基調的客廳裡，有三位少年少女分吃著大桶炸雞，而在這三人的面前還有分成三等分的方塊脆薯、沙拉和馬鈴薯泥。

雖然面前放了不少食物，但三人並沒有大吃特吃，反而吃的速度十分慢，生怕發出什麼聲音。

這麼奇怪的原因在於他們三人的注意力都集中在電視上那部名叫《心計》的外國影集。因為不想錯過任何一個情節以及任何一個畫面的鏡頭，他們整整維持了四十分鐘的靜默。終於，影集在這緊張的氣氛下告一段落。

「還以為本季就會完結，浪費了這桶炸雞呢～」

首先說話的是年紀最小的妹妹徐于莉。

正伸手拿炸雞的徐于咎不解的說：「炸雞什麼時候都可以吃吧？」

「是這樣沒錯，不過就是有理由，炸雞才會吃得香！」三兄妹中的大哥徐于直發表「有關重大事件就是要吃炸雞，不然要幹嘛」的神奇理論。

「嗯嗯，就是這樣。」身材嬌小的徐于莉一邊應著，一邊鬼鬼祟祟地伸出手，想要把放在大哥前方的最後一塊方塊脆薯拿走。

只是——

「我看到了哦！」

作為大哥的徐于直，手刀輕輕敲了一下徐于莉的頭，阻止她偷方塊脆薯的行為。

「嗚～」徐于莉裝作委屈地抱著頭，看向正在靜靜地吃東西的徐于咎說道：「二哥，我被打了～」

「別爭了，你們分了我的吧，我想吃炸雞。」徐于咎把自己那一份推到餐桌的中間。

本來還在裝不高興的徐于莉笑了起來，想要伸手去拿，同時嘴甜地說道：「我什麼時候都覺得二哥才是最好——哇？」

「別寵她，這傢伙剛剛才想偷我的。」

徐于直雖然嘴裡說得很正直，不過右手卻很陰險地一把按住徐于莉的額頭，然後把本來屬於徐于咎的方塊脆薯倒在自己的盤子上。

「等等，放開我！大哥好過分！」

徐于直馬上將盤子上的脆薯倒進自己的口裡，「嘎滋嘎滋」幾口把它們都消滅之後，才放開壓制徐于莉的大手。

「大哥！」徐于莉不滿地「姆」一聲，鼓著臉頰瞪視著徐于直，「那是二哥給我的！」

徐于直把東西都吞下後，還在徐于莉面前張了張嘴以示全部吃完，才氣定神閒道：「更正，是給『我們』。我吃也可以，而且女孩子不可以吃太多油炸食物，大哥是為妳好，才幫妳吃完～」

「二哥……」徐于莉不理會徐于直的歪理，噘起了小嘴轉向徐于劭，「你看，大哥欺負人家！」

徐于劭「唔」一聲，然後在炸雞桶裡拿起一塊跟徐于莉小臉差不多大的雞胸肉遞給她，說道：「吃炸雞。」

徐于莉一雙小手捧著炸雞，猶不解恨地向徐于劭說道：「這麼大塊要怎麼吃？二哥也欺負人！」

安慰妹妹不果的徐于劭愣了一下，嘆了口氣，默默地吃著自己的炸雞。

「太寵她可不行啊！」徐于直拍了拍徐于劭的肩膀。

「哈哈，我沒有。」徐于劭搖頭。

徐于莉向徐于直還有徐于劭吐了一下舌頭，「要是我有個姐姐就好了，那就可以幫著我對付你們，哼哼！」

「那樣也可以好好管教妳。」徐于直戳了一下徐于莉的小臉。

徐于莉拍開徐于直的手，「不過姐姐什麼的不現實，要是有位嫂子就行，一定要讓她管著你們不要盡是欺負我！」

「哈哈！」

徐于莉向大笑的徐于直做鬼臉。

「大哥我這種浪子是不可能這麼早就有固定的女友呢！呵呵——」今年大四，快出社會工作的徐于直似乎沒太在意自家小妹的鬼臉。

徐于莉「切」一聲別過頭，又看向徐于咎說道：「沒大嫂的話，我還有二嫂！」一直沒有說話的徐于咎，皺了一下眉頭。

「對吼——阿咎要大哥幫你找個女朋友嗎？有很多女生都喜歡『內向弟弟』的類型！」

「你們想太多了。」

「沒有啦～」

「呵。」徐于咎微笑。

徐于直和徐于莉是很會掌握氣氛的類型，沒有讓尷尬的時間延續，不一會話題就轉回到剛剛的電視影集上……

◆◎◆※◆※◆◎◆

徐家發生的事，陳怡婷自然是什麼都不知道。

與徐于莉會面之後，陳怡婷每天都會到校門附近抓捕野生徐于咎，再煩他幾句的時間，失敗後回去圖書館當值。

這樣平淡又平凡的時光，過了一個星期。

「啊哈囉，我又來說服你了。」

打不死、消不滅像殭屍輪迴一樣的陳怡婷，再次出現在徐于咎面前。

「又來。」

「不答應我，我每天都會出現哦！」

「嗯？」徐于咎停下腳步。

「今天你不急著走嗎？是改變主意了嗎？」陳怡婷笑著問。

的確，這個星期徐于咎都是隨便應她幾句就擺擺手離開，但是他今天突然想要問陳怡婷一件事。

「其實妳知不知道，我們即使做出什麼事情，都難以拯救將被廢除的學校？」問出這一句的徐于咎態度很認真。

「我知道。」陳怡婷點頭。

「知道？」徐于咎輕笑了一聲。

「這件事很好笑嗎？」陳怡婷瞪著徐于咎。

「知道就不會知難而退嗎？明明這麼困難……不，這已經不只是困難，而是沒有可能的地步。妳還一頭撲上去？是為了賺名聲？還是想讓人稱讚？」徐于咎從言語上打擊她。

陳怡婷瞇起眼睛，而她臉上的那點怒氣已消去，一字一句清晰地向徐于咎說道：「想要給自己攢名聲的話，一個多星期什麼的都已足夠，不用來打擾你這位不起眼的路人男同學。我從一開始就沒有那種想法。」

「真要拯救快被殺死的學校？」

「是的。我明白什麼是知難而退，我知道大家都很聰明地接受廢校的事實。我要成為他們的一分子很簡單，像鴕鳥遇到危險那樣什麼都不理會把頭插進土裡就行，反正我們都可以在其他學校畢業……」

徐于咎沒有插口，等待陳怡婷接下來的話。

「可是之後呢？當我們有一天想要回來學校的時候，卻發現這裡已經變成了停車場和商業大廈！」

徐于咎皺眉，「停車場和商業大廈？」

「校長沒有說，但是我知道在停止辦學後，學校的地就會賣出去，然後改建。」陳怡婷嘆了口氣，感慨道：「當有些人想要回來時，卻發現回去的地方已經沒了……這樣不會覺得沒有努力的自己很可惡嗎？」

「覺得？」徐于咎張了張嘴，才又說道：「自己可惡？」

「我不知道你會不會自省，也不知道他們會不會回來，但我知道自己不作為的話，一定

會後悔。」

「喔？」

陳怡婷眼神堅定，義正詞嚴道：「所以我試著去讓未來的自己不會討厭現在的自己，這就是我將要和正要做的事！」

徐于咎搖了搖頭，在他的眼中，陳怡婷彷彿高大又閃亮了起來……

——生出幻覺了吧？

徐于咎把這種幻覺甩走，「我不明白妳的想法，明天見。」

「明天——」陳怡婷對著徐于咎的背影大叫：「我還是會來說服你！」

沒有理睬陳怡婷的叫喊，徐于咎獨自一人在街道上走著，像是害怕她一樣……最後，當他回過神的時候，已經停在一家甜品店前。

他想起要買草莓冰淇淋給妹妹的事。

熟悉的女店員正親切地向他展露笑容。

「又來買甜點給妹妹嗎？」

「是。」

看著店員的臉，徐于咎想起了剛剛道別過的陳怡婷，也想起了妹妹徐于莉，還有她們說過的話……

付了錢，接過牌子。

徐于咎靜靜地坐在那些無人的座位上閉上眼睛。

一個十分危險的想法因為徐于莉和徐于直的重重算計，還有加上陳怡婷的天真和正直而在他腦袋裡形成——

「覺得自己可惡……想要姐姐？」

03 朋友忌交淺言深

星期天，徐于咎跟陳怡婷偶然遇上、被抓住。為了脫身，他說出那句偶然又不知所謂的話，最後得到屬於神經病式的回答……

對徐于咎來說，那是一場迷幻的惡作劇。

回家之後就沒再放在心上，因為不重要，陳怡婷就算再神經病、再白痴，也不可能是認真的回答。

不過，今天早上徐于咎離開家門時，發現惡作劇沒有中止，那不是虛幻的惡作劇，而是真實存在的事實！

「早安～」陳怡婷嘻嘻笑笑地向剛出家門的徐于咎揮手。

「妳……妳怎麼知道我家的地址？」

「我就是知道～」

徐于咎很快就想明白，說道：「妳查看了學生名冊。」

「嗯嗯，別忘了我是班長。」

「濫用職權。」徐于咎鄙視。

「呵呵，先別說這個，你吃早餐了沒？」

「正打算買。」

陳怡婷早就從徐于莉口中得知徐于咎是個吃貨，自然是有備而來。她搖了搖手上的白色袋子，「我買了你的分～要幫你拆開嗎？」

「不用……」

專業吃三角飯團十多年的陳怡婷，在話說出口的同時已經熟練地拆開包裝，三下五除二地把飯團包到紫菜內，遞向徐于明。

「給你！」

對食物沒太多抵抗力的吃貨徐于明，雙手接過陳怡婷給的飯團，輕輕咬了一口，「我昨天說笑的。」

「沒關係，我是認真的。」陳怡婷一點也不在意地說著。

「欸……唔、啊……哦？」本已想好怎麼回答的徐于明，突然變得不會說話。為什麼陳怡婷可以在這麼重要的事上，表現出一副完全不在乎的樣子？

「只要成為跟你有關係的人，你就一定會答應幫忙。這個是現在我可以肯定和確定的事哦！」陳怡婷自得滿滿地握著拳頭，一副成竹在胸的模樣，「我有好好了解過你呢～」

「欸……嗯。」聽到這一句話的徐于明像是想起了什麼，瞇起眼睛，一口一口把三角飯團吃進肚子。

「現在吃了飯團的你，就更加沒有不幫忙的理由吧？」

陳怡婷並沒有注意到徐于明的變化，繼續口若懸河地說著：「所以我今天開始會把你當成朋友！」

徐于明吞下了最後一口三角飯團，用衣袖擦了一下嘴角。

「妳見過我妹妹，所以昨天我被算計了，被她下暗示了。」

「唔、啊……」陳怡婷支支吾吾後坦白：「我是有見過你妹妹沒錯啦。」

徐于咎臉上露出詭異的笑容，「于莉昨天把我的行蹤告訴妳，她知道我會因為妳的早餐而停下來，她算計了我……真是比我聰明的妹妹。」

「欸、那個不是——」

「不過重點還是妳真的有去了解我。」

「有是有——」

「時間是一個星期之前。那一天于莉竟然比大哥還晚回家，等等……我想起了，暗示也是從那天開始。大哥有加入？應該有，那句突兀的話，不像他說的……果然還是沒有留心自己的家人，真是好算計吶！」

陳怡婷有點害怕。

這個不斷自言自語的徐于咎感覺像精神有問題。之前幾次跟徐于咎見面的時候，他都十分自信平和，可是這次他的臉上竟然出現了一絲不應該出現在他臉上的慌張。

不禁讓陳怡婷想起之前跟徐于莉的那一通電話——

「我二哥沒有朋友，所以怡婷姐姐可以請妳努力成為他的朋友嗎？」

「他在班上還是有聊得來的同學啊。」

「那不是朋友，那只是同學。家人、朋友、敵人、同學四類裡的其中一個分類。」

「欸？」

「妹妹我不想再看見二哥崩潰的樣子，那並不是什麼好的回憶……所以請妳答應他可能說出的要求。」

「會是什麼？」

「總之努力，就當作是幫助自己，畢竟我二哥很厲害。」

由回憶裡走出來的陳怡婷，突然有種冷颼颼的感覺，聰明人之間的算計超出她可以理解的範圍。

陳怡婷輕輕拉了一下徐于谽的衣袖，小心翼翼地說道：「那個是我拜託妹妹，不是她算計你……」

「嗯？」

「不對，是我強行威脅她幫忙，所以別這樣好嗎？」

徐于谽放下掩臉的右手，瞪著陳怡婷。

「只有她能威脅別人，沒有任何人可以威脅她！」

「啊、嗯。」

陳怡婷想了一下，也發現威脅這件事不太可能發生，馬上改口道：「不對，是我賄賂，用冰淇淋賄賂才對。」

徐于谽沒來由地笑了笑。看著只有不到半公尺距離的陳怡婷說道：「我幫妳，而妳當我的朋友。」

陳怡婷猶豫了一會才點頭，「呃、好的。」

「很勉強妳？」

陳怡婷戳了一下徐于嶅的手臂，「你沒事嗎？」

「沒事，我可以有什麼事呢？」徐于嶅搖了搖頭。

「要是你覺得不開心，可以跟我明說，把心裡話都說出來，可能會好一點。」

「朋友間忌交淺言深，我們仍不是什麼話都可以向對方說出口的關係。」

「唔。」陳怡婷低下頭。

徐于嶅掏出手機看了一眼，又說道：「要趕快去學校，快遲到了。」

本來陳怡婷還在想應該要說什麼安慰，看了一下手錶，距離八點只有不到十分鐘，要是再不趕路，她跟徐于嶅就會雙雙遲到……

◆◎◆※◆※◆◎◆

遠天高中的學生有著可以外出用餐的傳統。

選擇外出用餐的學生不多，原因是外面的餐廳不便宜，加上每天的飯錢不多。因此大部分學生都選擇帶便當，又或是在福利社買麵包。

其他學生都是這樣，就更別說因長期亂花錢而赤貧的陳怡婷。她這一年多的高中生活，外出用餐絕對沒有超過五次。

午餐時她是亂吃東西度過。有時更是什麼都不吃，只到圖書館裡看書，或是到頂樓找王朋子學姐救濟。

不過，今天的陳怡婷卻一反常態，沒有在午餐時間生出「啊～怎麼又是這個要花錢的時間了」的念頭，臉上反而露出「啊～終於到午餐時間了」的表情。

陳怡婷回頭望了一眼正在收拾東西的徐于咎，滿心歡喜地走出教室。

今天早上來學校時，徐于咎曾說過要報答早餐的三角飯團而請客。陳怡婷自然老實不客氣地答應下來，更按照徐于咎的吩咐，先一步來到學校附近名叫「西洋屋」的西餐廳。

「有必要這麼神秘嗎？先後到達什麼，沒近視還戴眼鏡喬裝……嘖嘖。」陳怡婷對剛出現的徐于咎說道。

「為人謀先為己謀。」徐于咎搖了搖頭，坐到陳怡婷的前方。

「呃、我不明白你說什麼……先點吃的吧。」陳怡婷不置可否地把其中一份菜單遞到徐于咎的面前，自己則也拿著一份在看。

不到半分鐘，徐于咎就放下了菜單。

「我好了。」

「這麼快？等等我！」陳怡婷專心地選擇，手指重複在最昂貴的天使麵類和第二昂貴的海鮮飯類搖擺著。

幾分鐘過去，陳怡婷仍是搖擺不定，更進化成唸唸有詞……

「點好了沒有？」徐于咎有點不耐煩。

「別打擾我，我已經把範圍縮小到只剩三項。」

徐于咎笑了起來，到現在才發現真的有人在選食物的時候可以這麼龜毛。

「好了，我選好了！」陳怡婷像是下了重大決定般，認真地對徐于咎點了點頭。

「嗯。」

徐于咎準備點餐。

可是在服務生來到之後，陳怡婷又故態復萌點完之後又說不要，來來回回點了三遍才完成點餐這動作。要不是服務生的脾氣不錯，大概就會擺出一副臭臉並對兩人說出「不接妳生意」之類的話。

「現在——」徐于咎把餐桌上的兩杯水放到一邊，正色地向陳怡婷問道：「來說說看妳需要做到哪種程度。」

「程程、程度？」陳怡婷歪頭。

「妳想要做成什麼樣子。」

「讓學校不被廢除。」

徐于咎把手肘擱在桌子上，抵著額頭說道：「這不現實。」

「可可、可是，你不是問人家的想法嗎？」

徐于昝靜了下來。

陳怡婷再次歪頭，「有問題？」

徐于昝嘆了口氣，「雖然不現實……不過從我答應幫忙開始已經是超現實，所以我們就從這個不現實的題目開始吧！」

「怎麼有種你在繞圈子罵我的感覺。」陳怡婷不爽。

徐于昝不置可否地說道：「那現在我想要知道我們有什麼可以『用』的資源。」

「用的資源？」

「同伴、朋友、老師、金錢、家長、物品、武器、書本等等，什麼都好，我要了解妳手上所有可用資源和人脈。」

「哦哦喔！你這樣說，我覺得、覺得自己好像變得很厲害啊～」陳怡婷縮了一下脖子，吐吐舌頭，擺出一副無能的小白兔樣。

徐于昝瞇起眼睛，心裡有了計較。

儘管早知道陳怡婷是個不太動腦子、只依直覺行事的人物，不過當真正得知這個事實之後，徐于昝還是有稍稍失望了一瞬間。

「別這樣，我也不是那麼無用！圖書館的金群群老師支持我，而同學們還有一個在支持我……呃、今天減少了一個，現在只有我……我們還是有老師在支持行動啦！」

徐于旮點頭，轉而問道：「到現在為止，妳們做了什麼？」

陳怡婷「哈哈」地笑了兩聲，自鳴得意地說道：「可厲害了！我們在圖書館外貼標語和海報，每次同學們來借書的時候，我都會跟他說『請不要放棄母校』、『一定要堅持』這種話，金群群老師還有在其他老師的桌子上放些小卡片。」

「所以是任何一件事都沒做成對吧？」

「是做了很多事！」陳怡婷更正。

「那些都沒有用，應該說暫時沒用。嗯，最大效果就是借書人數大幅下降，然後妳們圖書館減少了很多工作量這一點。」

被道出事實的陳怡婷臉上一陣紅、一陣白。

「是吧？」

陳怡婷終於忍不下去，向徐于旮吐舌頭，做了一個鬼臉。

徐于旮冷冷地看著她。

自覺太幼稚的陳怡婷，不好意思地移開了視線，「是沒錯啦、是啦……你最聰明啦……什麼都能算出來。」

「不過我也不得不佩服，能做出這種事的妳，恥度果然沒有下限。」徐于旮反擊陳怡婷的揶揄。

「嘛——嘛。」被說的陳怡婷不屑地斜視著徐于旮，問道：「那請問我們的徐于旮同學，

你又有什麼高見呢？」

「咳咳……妳們不是沒有做任何事，只要這樣做十年，潛移默化之下，可能就會收到成果。」徐于明托了一下鼻梁上的眼鏡，淡淡地說道：「可惜我們沒有那麼多時間，因此現在先聽我的分析。」

「明明就沒近視，裝什麼裝啦……」陳怡婷嘀咕。

「咳咳。」

「是是～」陳怡婷收起不當的態度，點了點頭。

「留給我們的時間不多，大概只有幾個月，這一點妳需要重新確認。」

「不是還有大半年才到新學期嗎？」陳怡婷叫道。

「與其他學校洽談的時間。」

徐于明以為陳怡婷會由這一句就明白他的意思，只可惜他在說完之後，陳怡婷仍是那副呆呆的蠢樣，等著他來解釋。

徐于明又嘆了口氣，心裡生出一種「這世界上不用腦子的蠢才竟然有那麼多」的感嘆。

「別在心裡鄙視我，我知道你一定在鄙視我！」陳怡婷鼓著臉，加上包包頭，很可愛，但卻無法彌補腦袋裡都是草的缺憾。

「沒有。」說謊的徐于明搖頭，接著解釋：「學校跟其他學校完成談判的日子，就是我們母校的真正死期，所以時間絕不是大半年之後的學期完結。」

陳怡婷恍然大悟地拍了一下頭，開始慌張起來，「我以為時間還有很多……現在要怎麼辦？這事可能明天就會談判完成……怎麼辦！」

「就算不多，但至少還有兩個月的時間，我預計那會是在秋季旅行後才會確定下來。」

「呃……為什麼？」

「因為旅行之前是考試，就算我們的學校可以，其他學校呢？他們也分不出時間來處理這麼大量的事。」

「對！你真聰明！」陳怡婷由衷地讚賞。

「其次，除了時間不多外，人亦不在我們這邊。」

「人？」

「學生以及教師他們之間的氣氛。」

陳怡婷瞇起眼睛，過了一會，她還是等不到徐于咎解釋，終於開口問道：「你說話可以不要只說一半嗎？」

「我注意一下。」徐于咎雖然心裡鄙視了一下陳怡婷，不過沒在臉上表現出來，「大家似乎都覺得學校已經『死了』，他們沒看見可以停止廢校的希望，把廢校當成是必定會發生的現實，因此學校裡除了少數人之外，並不會有人跟妳一起行動。」

「對，連我都感覺得到。」

徐于咎差點就想說妳真是有自知之明……

「最後一個是地。」徐于咎這次沒有說一半，馬上解釋：「我們的母校並不是遠天區裡唯一的高中，在附近同樣有著不少的高中，所以它倒不倒對其他人和老師來說，都沒有太大的影響。反正遠天區並不差我們這一所高中。」

陳怡婷聽完徐于咎的反析之後，像洩了氣的皮球一樣，趴到桌上，「怎麼我現在突然出生一種『啊～這果然很難』的感覺。」

徐于咎微笑著問道：「放棄嗎？」

陳怡婷吸了一口氣，抬起頭直視著徐于咎，搖頭道：「才不！」

「嗯，我了解妳的志向，而這方面的話題暫時先聊到這裡。」

「喔？」

徐于咎指了指手端著托盤走過來的服務生。

「兩位，你們點的午餐。」服務生把午餐分別放到兩人的面前。

陳怡婷笑著，「沒錯，吃完東西才能想出好方法！」

接下來，陳怡婷就一個人在自說自話，都是一些有關班上的無聊事。

另外就是像班上女生對男生的評價、現在的潮流是什麼、哪一本雜誌裡有較多的折扣券等等。畢竟陳怡婷的錢大多都貢獻在這些少女們都喜歡的東西上，即使是對著徐于咎，她也能侃侃而談。

說了一會，陳怡婷才想起徐于咎是男生，問道：「說這些，你不會覺得悶嗎？」

「不會。」

「我還以為男生都不喜歡這些，原來也不是呢～」

「我個人是不感興趣。」

陳怡婷問：「那還說不悶？」

「于莉會喜歡。」

陳怡婷沉默了。她有點明白徐于莉的感覺，還有徐于莉得知找徐于昝幫忙時，那一臉奇怪表情的原因。

這一頓飯，讓她更了解徐于昝這個人——

徐于昝會為了家人，樂意了解自己不喜歡的事。

◆◎◆※◆※◆◎◆

徐于昝和陳怡婷沒有一起度過整個午休時間，因為雙方都還有各自的事情：陳怡婷要找自己的朋友；徐于昝在學校的某處發呆。

所以，徐于昝在交代過行動後，兩人就分別了。

與離校的時候一樣，兩人還是一先一後地回校。當陳怡婷一個人走過校門時，聽到了朋友的叫喚。

「怡婷～」

「欸？妳們都在？」陳怡婷向長椅上坐著的好友揮了揮手，然後加入到她們之中。

「剛剛到哪去了？是不是又亂花錢？」

陳怡婷習慣性地搖頭否認：「沒有啦～」

「哼哼，作為完全不會理財、在班上名為吉祥物的妳，說的話一點都不可信哦！」

「我才不是吉祥物，那是班導師隨便叫的！而且我真的沒有亂花錢好嗎？」陳怡婷先是憤慨，然後又委屈地搖頭。

「班導師說得很對，妳除了讀書厲害之外，就是個只會耍寶的吉祥物啊～哈哈～」

「哈哈～」

陳怡婷向她們吐舌頭。

「對了，怎麼不跟我們一起吃午餐？我們還打算分妳一點。」

陳怡婷一點也不想在她們面前提起徐于硆，所以別過頭，支支吾吾地說道：「是有些原因啦……」

「有古怪，是不是因為又去買沒用的奇怪東西！」

「沒有。」陳怡婷眼神閃躲。在跟徐于硆分別之後，她的確是到文具店逛了一回，然後順便買了一個看著很漂亮的錢包。

「沒有？明明說過『畢業後，一起去旅行好嗎』的話。現在作為發起人的妳竟然把錢花光？那怎麼行！」

「我、我是有說過，而且我有努力存錢，已經沒有亂花錢了……」陳怡婷心虛道。

「哼哼，怡婷很奇怪哦～大家搜搜她的口袋，看看有沒有亂花錢的證據！」

陳怡婷抵抗，「不要啦～」

「別抵抗了，嘿嘿～」

一人難敵眾人，陳怡婷決定逃跑。

「這邊！」

「別跑～」

陳怡婷就跟朋友們嘻嘻哈哈地打鬧了一會。這個時候的她，還是跟平常一樣被人當成吉祥物，是群體的中心，快樂的班長。

◆◎◆※◆※◆◎◆

直到班會來臨時，陳怡婷才出現明顯的變化，即使不是陳怡婷的朋友，也可以清楚感受到在她身上散發出來的不正常氣場。

儘管班會如往常一樣由林羽和陳怡婷這兩位班長主持，但今天的陳怡婷有點沉默。

以前的班會都是由陳怡婷開場，接著再交給林羽處理正題，兩人很輕易就能把氣氛帶起

來。唯一的例外就只有陳怡婷或是林羽不在場的時候。

覺得奇怪的林羽望了一眼陳怡婷，可是他發現，陳怡婷完全沒有說話的打算——她雙手抱在胸前，一副酷酷又冷冰冰的樣子。

林羽等了一會，才來到教師桌前，開始說道：「旅行的地點已經定了下來，今天告訴大家需要注意的事項，還有關於考試前的安排。」

在林羽帶領討論的時候，陳怡婷甚至連記錄都沒做，如同人形紙板模型般一聲不發，就那樣站著。

半個多小時的班會不一會就過去，班會完結後，同學各自離開教室。沉默的陳怡婷默默地收拾書包，準備到圖書館去當值。

林羽攔在陳怡婷面前。

「陳怡婷。」

「嗯？」

「妳今天沒什麼事吧？」

陳怡婷皺了一下眉頭，搖頭說道：「我沒事。」

「妳的樣子看起來不像沒事。」林羽關心。

「我……」陳怡婷習慣性撥了撥額前的頭髮，視線掃向徐于晳的位置。

只不過他早就離開了教室，那個位置僅剩下冷冰冰的桌椅。這時陳怡婷的腦海裡閃過他在中午對自己說過的話——

「林羽是我們第一個目標，目的是為了得到勢。」

「勢是什麼？可以吃嗎？」陳怡婷故意耍笨。

徐于吝瞇起眼。

「呃、對不起，別這樣看著我……這『勢』跟林羽有什麼關係？」

徐于吝收回鄙視的目光，說道：「林羽是班長，不只是跟老師溝通的橋梁，更是班上的領導者，是二年甲班和全體高二生之中實際意義上的領袖。與妳那種帶有吉祥物性質、看板娘屬性的班長不同。」

「我不是吉祥物！」

「在所有行動進行之前，我們要成功『說服』他幫忙。這對我們只有好處沒有壞處，記著這一點就可以了，吉祥物班長。」

陳怡婷再一次重申：「我是班長，但不是吉祥物。」

「喔。」徐于吝擺手。

陳怡婷嘟著嘴，不滿地問道：「所以要怎麼做？」

徐于吝臉上露出詭異的微笑，直看得陳怡婷心裡發毛。

「別這樣笑！到底怎麼了？」

「任務的重點在妳的身體上！」

「我身體沒有不舒服。」

在想起那段對話的同時，也想起徐于咎一直說自己是吉祥物的事，陳怡婷頓時生出不爽的感覺，臉色也由「臭臭的」變成「超級臭臭的」。

林羽無視陳怡婷傳遞出來的不爽氣場，向她追問道：「是關於學校被廢除的事？」

陳怡婷皺了皺眉。依徐于咎的建議，她現在得裝出一副欲言又止的模樣。

「還是妳在生氣我不幫忙？那天我其實是想幫忙的，只是……只是還有旅行地點未選出來……我這班長不好做……」

儘管陳怡婷對林羽現在的解釋嗤之以鼻，差點要開口噴他一臉，再罵他是個虛偽的偽君子，只不過為了完成徐于咎給她的第一個任務，她決定放下成見，依計行事。

陳怡婷在臉上揚起拒人於千里之外的微笑，「我知道，我沒生氣。」

林羽苦笑，「這樣還說沒生氣？」

「我沒生氣。」陳怡婷皮笑肉不笑。

「妳要裝作生氣。」徐于咎語氣肯定的對陳怡婷說道。

「為什麼要生氣？還有，為什麼要我去跟他交涉？」

徐于咨愣了一下，「妳不知道林羽對妳有好感嗎？這在班上誰都知道的事。」

「……我不知道欸！」陳怡婷震驚。

「噗……所以妳是吉祥物。」徐于咨掩嘴笑。

「你別笑！別再叫我吉祥物！不然我不只討厭他，還會討厭你哦！」

徐于咨止住了笑意，聳肩道：「雖然我不喜歡林羽，不過妳喜不喜歡他與我無關。」

「好了好了，我就是討厭他。但現在要怎麼做？」

「妳要做的事，就是找機會說出一句話。」徐于咨嘴角微微上揚，成竹在胸地說道。

「真的沒生氣，這是我自己的事，不會逼你們，反正只有我一個也可以。」

說罷，陳怡婷拿起放在桌子旁的書包，輕輕推開攔路的林羽，快步走出教室。林羽似乎被陳怡婷這句突如其來明顯是反話的話嚇住，呆站著沒動。

在教室門關上之後，陳怡婷才鬆了口氣，嘀咕道：「接下來就是……」

「離開教室之後，要走得慢一點，最好是在樓梯旁邊被他追上。」

陳怡婷半信半疑地問道：「林羽會追過來？再說我平常不會走這麼慢。」

「他應該會追來。」

陳怡婷又問道：「要是他不追過來，我要怎麼辦？」

「蛤？」徐于明像是看白痴一樣打量著陳怡婷。

「說、說啊！」陳怡婷被他看得心裡發毛。

「不就是到圖書館當值嗎？不然妳想要怎樣？」

「欸、唔，你聰明……真聰明！」陳怡婷生出一種想笑又笑不出來的哀傷感。

離開教室後的陳怡婷，故意走得慢一點，平常只要用十秒的時間，今天卻用了差不多一分鐘才走到樓梯。

要是有人在她旁邊，還可以依稀聽見她唸著意義不明的「十、九、八……」等等數字。

就在此時——

「別耍孩子氣，妳一個人可以做什麼？」

她身後傳來林羽的呼喚。

「算得真準！」說出這句的陳怡婷不自覺地笑了出來，不過在轉身面向林羽的前一刻又收起笑容。

因此，在林羽的眼中，陳怡婷還是那副倔強又逞強的樣子。

「我幫妳！」

「不用勞煩你，你還是去忙旅行啊、考試啊、自修啊之類的事吧。」

到這裡即使沒有徐于明的提示，陳怡婷也知道要怎麼做。畢竟再遲鈍再傻，陳怡婷還是一名女性，很明白在這個時間點應該要說什麼話才是最好。

「我真的想要幫妳！」林羽著急道。

——太好了！

陳怡婷差點衝口而出，強壓下心裡渴求對方幫忙的激動，裝作一臉不解地看著林羽，等待他接下來的解釋。

「我同樣不希望自己的母校消失，即使知道成功的機會不大，但我會跟妳一起努力！」

雖然很高興有新幫手，不過陳怡婷覺得林羽並不真誠，仍然是那個十分虛偽的他。

為了計畫，陳怡婷忍著不翻白眼。這一刻，她終於明白，徐于𨓍今天早上說的那句「交淺言深」是作何解。

在不太熟的同學面前聽到這種話，其實真的很噁。

「我是認真的……」

「哦、我先聽著吧。」陳怡婷擺了擺手，沒等林羽回話，一個人走下樓梯，目的地是下一層的圖書館。

只有一個圖書館管理員的情況下，不管今天的結果如何，她還是得去圖書館當值。

◆◎◆※◆※◆◎◆

下午五點五十二分的圖書館——

已經閉館二十多分鐘的圖書館大門被人推開。

「徐于咎。」在櫃檯處發呆的陳怡婷向剛剛推門進來的男生叫道。

「徐同學，你好～」圖書館的助理老師金群群微笑著向徐于咎打招呼。

「老師妳好。」

說罷，徐于咎拉了兩張椅子到櫃檯前，而陳怡婷收拾著本來有點零亂的櫃檯，把一些文具放到檯面上。

「你們合拍得有點過分，完全不像剛剛才成為朋友呢～」

陳怡婷對金群群擺手道：「群群妳可以回家了，我跟他還有很多事要聊，可能會拖到很晚才離開。」

「欸？你們要拋棄群群老師？」

「對。」陳怡婷衝口而出。

徐于咎有點愕然地看著金群群和陳怡婷，他沒有想到兩人的關係親密到可以這樣開玩笑的地步。

「怡婷好過分～」

「我們要討論的事不好讓金老師知道。」認真的徐于咎給出認真的解釋。

「欸？呃？喲～是那種事～老師知道了。呵呵、知道了哦～」

「什麼『那種事』？別誤會！妳這冗員快回家去，我自己會鎖門！」陳怡婷對金群群擺手，像是打發叫化子般。

「那你們小心點，晚上學校聽說有『好兄弟』出沒~所以老師就先回家去了。」作為知心好友的金群群，自然很了解陳怡婷害怕鬼怪的個性，向她威嚇了一番才離開。

「啪」的一聲，圖書館的門被關上，圖書館裡就只剩下徐于咎和陳怡婷兩人。

風從沒關上的窗戶吹進來，發出了「呼呼」的聲音。

「真真真的會會、會有『好兄弟』嗎？」陳怡婷結結巴巴的抖著音。

「敬鬼神而遠之，不招惹它們，它們就不會害妳。」

「呃……」陳怡婷搔了一下頭，尷尬地笑道：「你真是理性。」

「呵。」

陳怡婷轉過話題說道：「不過林羽真被你算準了，反應跟你預計的完全一樣！」

「嗯。」

徐于咎開始把背包裡的文件放到櫃檯上。

陳怡婷戳了一下徐于咎的手臂，「喂，你怎麼一點都不高興？」

「他很好懂……把這些分類。」

徐于咎在說著話的時候，仍不斷從背包裡把文件拿出來。

「哦~」

陳怡婷應了一聲，只不過她的心思完全沒放在文件上，而是盯著徐于咎這傢伙。

他做事認真，說話有時很幽默；個性隨和，但不是真的膽小。之前怎麼沒去了解他呢？大概是因為徐于咎自己不想表現得亮眼，不然他應該會被更多人認識真正的他，成為班上重要的一分子，大放屬於青春的光芒。

過了大約兩分鐘的時間，徐于咎終於發現陳怡婷像停擺的機器，一對大眼睛只盯著他的臉看。

「時間很多？」徐于咎不滿。

「呃……」醒過來的陳怡婷臉紅了起來，猛搖頭道：「不是。」

「還不動手？」

陳怡婷隨手拿起櫃檯上的文件，發現這些有的是附近高中出的校刊，有的是貼上了遠天高中學生照片的新聞報導，也有徐于咎親手抄寫的文字記錄。

「哦……這些是什麼？」

「資料。」徐于咎擺出「妳沒眼睛嗎」的表情。

「我當然知道。」陳怡婷的臉再染上一層紅暈，惱羞道：「我是問這些有什麼用？」

「不知道。」徐于咎搖頭。

陳怡婷反問：「不知道還要整理？」

「一定沒用的東西已經沒拿回來。」

「唔——」

陳怡婷皺起眉頭，手指在資料上彈了幾下，問道：「所以你是說這些東西可能有用？」

「是。」

陳怡婷撇了撇嘴。她發現如果長期跟徐于明說話，不只會讓自己少活幾年，更是一件讓人很憤怒的事。因為徐于明說話永遠只說一半又或是只說三分之一，其餘的都要靠自己在腦內補充，太消耗精神了！

「我說，你一定是得了『把話說清楚就會死的病』吧？」

「我習慣跟聰明人對話，很少跟吉祥物對話。」徐于明聳肩。

陳怡婷愣了一下，大概十秒才反應過來，惡狠狠地說道：「我才不是吉祥物！而且你剛剛說我蠢是吧？」

「呵呵。」徐于明笑。

「切切、你不是很聰明嗎？給我馬上想出一個能以弱勝強的奇謀，那就不用跟我這個蠢人說話啊！」

徐于明收起笑容，「這世上，從來都沒有以弱勝強的奇謀。」

「欸？」陳怡婷來了興趣。

「這個世界，是絕不可能出現如此方便的東西。」徐于明邊把文件分類，邊說道：「沒有捷徑，一次逆轉的奇謀並不可能存在。」

「喔~可是故事和歷史不是都有那些嗎?難道是假的?」陳怡婷質疑。

徐于咎抬起頭,問道:「鬥獸棋有玩過嗎?」

「有!」

「老鼠是公認最弱的棋子對吧?」

陳怡婷點頭。

「但是能吃掉老虎的『最強者』大象,卻會輸給『最弱者』老鼠。」

「這就是以弱勝強!」陳怡婷肯定道。

「喔?」

徐于咎搖搖食指,「不對。因為對大象來說老鼠是最強,而對老鼠來說大象是最弱。」

「因此,大象如果想要打敗老鼠,就需要找一位『幫手』。」

陳怡婷歪頭,「你到底在說什麼?」

「借別人的力量,就是借勢。借得力量使自己『變得更強』,然後打敗『比自己強』的對手。」

「喔喔。」

陳怡婷不知道是懂了沒懂,一直在點頭。

「因此,沒有能使『弱』戰勝『強』的奇謀,每一次的謀,都是借得力量讓自己變強,再打掉對方的弱,如鬥獸棋一樣。」

「嗯嗯……」陳怡婷明顯在恍神。

「一次、兩次、三次……重複下來，即是妳口中所謂的以弱勝強。」

「聽你說這些都有種不明覺厲的感覺……可是這跟我們現在做的有什麼關係？」陳怡婷回歸正題。

「如果我們想要以弱勝強，就要跟大象一樣，先做好打敗老鼠的準備。」

「什麼準備？」

徐于咎微笑。

「到底是什麼準備啦？」

徐于咎收起了笑容，冷冷地說道：「先把資料分類。」

「呃……嗯。」

陳怡婷無奈地應了一聲，開始把文件進行分類。

「對了，你會轉校嗎？」

「不會，答應幫忙的時候，我已經放棄了那個想法。」

「嗯嗯！」

只有兩人存在的圖書館裡，時間就那樣靜靜地流走。

04 吉祥物明天見

自從校長宣布本學年之後將會停辦，國立遠天高中就多了一層揮之不去的鬱悶。

老師機械式地教學，上課都是唸書背書，而學生們沒再放那麼多熱情在社團裡，只有認真的學生依然認真在學習。

星期二──

並不是什麼重要的日子，日曆上代表這天的數字也沒有標上紅色，更沒有重大意外突然發生。

這只是一天需要上課上班的平凡日子。

不過，對遠天高中的師生來說，今天有點不一樣。

因為這一天的遠天高中注定要比平常熱鬧很多，二年級學生的領袖人物林羽，在校門前擺起了一個由四張學生桌合併起來的攤子！

攤子旁掛上一幅不大不小的直幡，直幡上寫著「一人一簽名拯救遠天高中」幾個大字。

林羽跟陳怡婷不同，他不只有著不少朋友，更有著不少的追隨者，可以在有需要的時候讓他們出工出力。

誠如徐于晗所說：林羽是班上的領袖。

只要林羽被驅使起來，就會出現不少人盲目地去跟隨。此刻，在這個小攤旁邊，就有著為數不少的同學在幫忙。這些幫忙的學生裡，絕對不乏之前嘲笑陳怡婷的男生和女生，更有

幾位二年乙班的女同學站場。

在旁人的眼中，林羽的行動比起陳怡婷那些所謂的行動明顯搞得有聲有色，要好得多。不，應該用「完全不在同一個層級」來形容。

再說，林羽不只是班上的領袖，在學校裡也有著不遜色於陳怡婷的名氣，尤其在女生方面。所以不少路過的學生都幫忙簽下自己的名字，有相熟的學生更跟他聊上幾句，整個場面好不熱鬧！

可惜這些幫忙的人裡，並沒有徐于咎和陳怡婷。

作為最先開始行動的陳怡婷、策劃出這一幕的徐于咎，現在正躲在操場邊上看著林羽的行動，如同靜靜注視的背後靈……

作為背後靈一號的陳怡婷，還稱職地在臉上流露出怨懟。

「為什麼我說就沒人聽，他一站出來大家就一起來……真不公平！」陳怡婷鼓著臉，憤憤不平地向旁邊的徐于咎抱怨。

「因為妳是班導師認證的吉祥物，而林羽是班上認證的領袖。」

「呸呸呸──我才不是吉祥物！」

「話說妳在這裡待這麼久沒關係？不用去圖書館當值嗎？」徐于咎轉移話題。

「圖書館又不是只有我一個人，還有群群呢！」

「呃……」徐于咎瞇起眼，不置可否道：「妳覺得金老師真的可以？」

「別小看她，她好歹也是老師！」

「好吧，『是老師』這一點上，我不能同意更多。」

陳怡婷被徐于咎的話逗笑，又回頭看向林羽，「現在的進展好像真的有那麼回事～」

「嗯哼。」

陳怡婷沒有聽出徐于咎那一聲回應中的不屑，依然沉醉在「自己找徐于咎幫忙真是英明的決定」的想法中。

因為徐于咎只加入短短一天，拯救被廢母校的行動馬上有了不錯的進展。可以說，現在的陳怡婷對自己和徐于咎都信心十足！

當一個人有信心，自然需要機會實踐。像某君買了一根新的湯匙，自然就會想要用它喝湯；某武士買了新刀，自然要拿敵人來試刀。

作為吉祥物的陳怡婷亦不能免俗，立即向徐于咎申請下一個任務：「所以呢～所以呢～我們現在要做什麼啦？」

「沒有。」

「欸？我是問，我們現在有什麼可以做的嗎？任務啊、算計啊之類的。」陳怡婷怕徐于咎沒聽明白又問了一次。

「沒有。」徐于咎搖頭，給積極的陳怡婷澆冷水，「妳愛做什麼就做什麼，我應該沒限制妳人身自由才是。」

「什麼？我們不行動嗎？」

「喔。」徐于咎應了一聲，隨口說道：「妳可以去把昨天整理的資料看一遍，然後到運動場上跑一圈，再回到圖書館裡當值。這任務你認為行不行？」

這時就算是個傻瓜，也知道自己被唬爛！

更何況陳怡婷只是吉祥物不是傻瓜，因此她憤怒地伸出雙手——狠狠地捏著徐于咎的兩邊臉頰。

「哇、妳幹嘛！」

陳怡婷只捏了一下就放開手，正色道：「認真點回答！」

徐于咎一邊揉著紅起來的臉，一邊不耐煩地說道：「好吧，妳還可以去買些小點心或是飲料給林羽他們。」

陳怡婷「哦」了一聲，像是想起什麼，又向徐于咎問道：「我才不是說這些！我是問我們不用跟林羽一起行動嗎？不是說人多好辦事嗎？」

徐于咎微笑。

「喂，真的不用？」

徐于咎微笑依然。

「好了喔！夠了喔！」

在陳怡婷又開始想要動手前的一刻，徐于咎才止住笑容反問道：「今天林羽開小攤子之前有找妳商量？」

本能地想要動手的陳怡婷，反應過來後搖頭。

「然後，他有問妳的意見？」

有點呆的陳怡婷再搖頭。

「所以，妳覺得他需要妳的幫忙嗎？」

陳怡婷遲疑了幾秒，皺著眉搖頭。

「那不就結了。」

「結什麼呢？」陳怡婷歪頭。

「因為林羽想得到妳的認同，自然不會選擇依賴妳。」

「可是我不想認同他……我跟他又沒關係，我真的很討厭他！」陳怡婷撇撇嘴，忙著澄清兩人的關係。

「把一些不擅長的事分給其他人也是行動的一種。於我而言，我並沒有他這種動員其他人的能力，我甚至連妳都比不上，所以只能讓林羽來做。」

「哦哦……雖然不太明白，不過你的意思是我不用參與進去？」

徐于咎點點頭，解釋道：「每個人都有擅長和不擅長的地方，把事情交給合適的人完成是最好的方法。再說，如果妳是什麼都能辦好的全才，一人就可以拯救學校，那妳根本不需要找我。」

被說教的陳怡婷臉紅了起來，「所以說，我有什麼需要做的啦……這樣看著他在做事，有種自己很無用的感覺。」

「說起來妳也不是無事可做，現在可以給林羽一些甜頭，然後林羽應該會再賣力一點工作。情況像奴隸主需要定時給奴隸一些食物之類的。」

陳怡婷掩嘴偷笑，還不忘批評道：「你很壞。」

「我心安理得。」

「臭美！」陳怡婷向徐于咎吐了一下舌頭，接著才舉起大姆指稱讚道：「不過真是很聰明啦！」

「呵、世上有不少比我聰明的人……」

陳怡婷裝作沒聽見徐于咎的話，因為回應之後又會被鄙視，所以她轉而問道：「我要去跟他們說加油嗎？」

「那又太直接了。」徐于咎搖搖食指，認真解釋：「林羽如此積極只是想要讓妳發現。要是妳什麼都不表示，又或是表示得太多，他的積極性都會下降。所以只要在他氣餒前，定時幫他回一下血，讓他繼續著就可以。」

「怎麼我感覺你好像很了解林羽……」陳怡婷輕輕戳著徐于咎的手臂，問道：「你跟他是好朋友？是國中同學？」

徐于咎拍開陳怡婷的手，挪了挪位置，才說道：「答應了幫忙就要做準備，了解可以利用的資源，是一項必須的準備。」

「喔。」陳怡婷沒想到徐于砮會給出這麼一個答案，呆呆地應了一聲，完全回不了嘴。

徐于砮望了一眼手錶，整理好身上被陳怡婷拉扯而亂掉的衣服，說道：「我先走了。」

「去哪？」陳怡婷問。

「繼續收集資料和整理。」

「哎？那些東西真的有用處？」

「現在有林羽，可能會用不著，我個人希望不需要用到這些東西，不過什麼事都不能只有一個解決方法，所以我要再做準備。」徐于砮這些話就像是在對自己說的，聲音輕得不能再輕。

「欸、不是很明白，總之……」陳怡婷搔了搔頭，又說道：「你不要像昨天那樣忘了時間連飯都不吃，知道嗎？」

「嗯，妳也別忘記時間。」徐于砮應了一聲。

當徐于砮正轉身離開時，卻被陳怡婷拉住衣角。

「又怎麼了？」

「其實我也沒什麼事，圖書館呢今天我也不用去，嗯、要不要……跟著你幫忙？」

徐于砮打量了一下陳怡婷，微笑道：「暫時還用不到吉祥物幫忙。」

「切！我也是很忙的！」陳怡婷惱怒。

「吉祥物明天見。」

「不是吉祥物！不見！」陳怡婷別過頭。

一秒。

兩秒。

三秒……

陳怡婷忍不住轉回頭看了一眼徐于咎討厭的背影，心裡有一絲他會回頭過來叫上自己一起行動的想法。可惜徐于咎的心如威化餅乾般乾脆，頭也不回地遠去，這讓陳怡婷對他又生出幾分不爽。

不過在這時候，她想起了一些事……

「錢好像用完了欸？」

陳怡婷立即從裙子的口袋裡翻出錢包。

「一、二……沒了？只剩下二十元？」

她回想著福利社那塊標示著價錢的黑板，發現二十元只足夠買一瓶最便宜的紅茶。

「啊呀～」

陳怡婷拍了一下額頭，開始搜尋操場上可以借錢的目標。因為她還要完成徐于咎交代下來的「對奴隸進行小獎勵」任務。

導師。

到處搜尋了一會，陳怡婷遇上出現在樓梯處看似要下班回家的老師，正是二年甲班的班導師。

「老師！」她毫不猶豫地衝了過去。

「嘖嘖，又來借錢嗎？」班導師熟練地遞出一張紙鈔給陳怡婷。

「老師是好人！我下星期一就還妳哦～」

要不是還在操場的範圍，要不是四周還有不少學生，班導師覺得在熱情狀態下的陳怡婷會立即衝上來給她一吻。

「吉祥物也要學會理財啊～」班導師揉了一下陳怡婷的頭。

陳怡婷糾正道：「人家不是吉祥物！」

「妳在老師的眼裡永遠都是吉祥物，明天見啦～」班導師沒有給陳怡婷回嘴的機會，擺著手離開了。

陳怡婷撇了撇嘴。

吉祥物的稱號就是高一的時候由班導師的嘴裡說出來。當時是因為校慶班級活動需要一位看板娘，而身為班長的陳怡婷高票當選，說著說著，就被班導師說成是吉祥物了。

「好了，我也要去完成任務。」

手裡有錢、心裡不慌的陳怡婷，大步往福利社前進！

◆◎◆※◆※◆◎◆

徐于咎離開學校之後，在一處公共廁所中換上準備好的便服，把背包和衣服收到投幣式的置物櫃。戴上喬裝用黑框眼鏡的他像昨天那樣，到遠天高中鄰近的高中校園閒逛。

說是收集資料？

現在的徐于咎看起來更像是考察，因為他手裡正拿著小本子和原子筆，光明正大地站在那些標明升學率的海報前抄抄寫寫、抄抄寫寫。

在其他人的眼中，他就像有孩子的母親，仔細地考慮這所高中適不適合自己的兒子或女兒就讀那樣。

「同學。」

當徐于咎在「考察」第三所高中時，終於有一位熱心的老師向徐于咎打招呼。

在遠天區之中，並不只有遠天高中這一所學校招生不足，其實遠天區內大部分的高中都面臨這種情況。

「你好。」徐于咎禮貌地對這位老師點點頭。

「你好，我們學校……」

接著徐于咎就跟這位老師展開了一陣交流。

至於來這裡的原因？徐于咎裝作沒有任何掩飾，十分大方地說道：「我是遠天高中的學生，因為要被廢校，所以打算轉校了。」

如果陳怡婷在這裡就會問：你真正的目的是什麼？

真正的目的？只有徐于谷自己知道。

「最近的確是多了查詢的家長和學生。」老師似乎相信徐于谷的說辭，一點都不意外地附和著。

「都是遠天高中的嗎？」

「很大部分。」老師點頭，續道：「家長的人數占最多，畢竟要考上不錯的大學，唸一所不被廢校的高中絕對要明智得多。」

「沒錯，老師都沒放心思在課堂教學，學生又怎可能學得好呢？」

「就是這樣，聽說不少遠天高中的老師已經辭職，我聽聞遠天高中這學年的老師似乎不足規定人數。」

「欸、是嗎？」徐于谷在臉上表現出驚訝，而腦裡開始把這句話記了下來。

「不過不用太擔心，只要轉到別的學校就解決了！」

「喔？」

「我們學校就是很不錯的選擇，不只學校內有良好的學習氣氛，附近除了咖啡廳外，就是遠天公園，沒有任何繁雜的商業活動。不像那些在市區中心的學校，一出校門就是商場、什麼商圈等等的花花世界。在那種環境學習怎麼可能得到好成績呢？」

「可是……」徐于啓搔頭，指著遠天公園的方向說道：「我剛剛看到附近的公園住著不少流浪者。」

「哎、這的確是有。不過不用擔心，我們學校除了環境良好外，連保全和師資都十分優良。別看老師我那麼瘦，我可是空手道黑帶，而且……」

接下來這位老師又是一輪對自己學校的介紹和吹噓，總之就是把自己的學校說成天上有地下無。

「多謝老師您的熱情介紹。」徐于啓很有禮貌的向他道謝。

說得興起的老師相見恨晚地拍著徐于啓的肩膀，「別客氣、別客氣。」

還是徐于啓裝出一副要回家的樣子，才擺脫這位話語甚多的老師。儘管徐于啓還想再去另一所高中看看，不過他發現已經到了要回家的時間。

昨天跟陳怡婷在圖書館裡工作到忘了時間，在晚飯後才回家，所以被徐于莉抓住，要求他今天要早點回去。

至於作為大哥的徐于直，知道徐于啓是跟女生一起時，就笑著揶揄，完全沒有當大哥的樣子。

「二哥～」

「嗯。」

徐于咎一進門就聽見自家妹妹的聲音，本來沒什麼表情的臉現出了微笑。

「今天這麼早？忙了什麼呢？」

手裡拿著掃把，穿著圍裙的徐于莉，一副「我正在打掃」的樣子出現在徐于咎的面前。

因為三兄妹的父母時常到國外工作的關係，所以家務事都是由他們三人分攤，而今天正好輪到徐于莉負責打掃。

「沒什麼。」

「關於怡婷姐姐的？」

徐于咎爽快地點頭，「嗯。」

「喔哦！」徐于莉昨天就已經知道自家的二哥跟陳怡婷成為了「朋友」，不過沒想到兩人的進展那麼神速，不只連續兩天早上一起上學，放學之後更黏到一起……

這感情升溫速度比火箭還要快！

徐于莉自然沒把心裡話說出來，她裝作好奇地向徐于咎問道：「所以是什麼事啦～」

「一個人實地考察遠天區其他的高中、試著模擬轉校學生和家長的想法、算計同班的班長、思考敗壞其他高中名聲的可能性、破壞家長對其他高中的信任——」

「停！」

徐于莉握著掃帚頭，用棍尖戳了一下徐于咎的肚子，叫道：「你今天一個人？早上不是跟怡婷姐姐一起上學的嗎？」

「是的，不過中午和放學之後都只跟她聊了一會。因為這些事她暫時還不需要知道。」徐于昝很老實地回答，一點都沒對自家年幼妹妹隱藏的心思。

「唉～」徐于莉拍了拍額頭，一副「你真心沒救」的樣子。

「我有問題？」徐于昝指了指自己。

徐于莉看著在自己面前特別單純的二哥，嘆了口氣，搖頭道：「沒有，真的沒有，還是指望怡婷姐姐努力好了……」

「唔？」徐于昝瞇起眼。

「你去考察這些是打算轉校嗎？不是說要拯救學校的嗎？」作為魔性之女的徐于莉感覺到二哥生出不滿，立即轉移話題。

「我沒打算轉校，至少在答應陳怡婷之後，我把這個打算拋棄了。」

「那又做這種事？」

「普通的手段像是簽名、掛海報、喊口號那些行動用處不大，只是做做樣子給大家看看我們有在努力，而且大家並不齊心，那些定好後路的老師不會忍著不動，行動很快就會被叫停，畢竟他們不想引起太多關注，因為賣地的影響，因為由廢校中出逃的名聲……」

「是嗎？」

「學校靜靜地消失，成功把地賣出去。只要學生順利轉走，什麼都可以輕輕帶過。」徐于昝搖了搖頭，轉而說道：「即使我算計林羽，但我明白他的行動維持不了多久。」

「喔？」

「到底有多少人會跟著他堅持呢？不算老師，只說學校對這件事的反應，他們會讓林羽一直做下去嗎？」

「嗯……」徐于莉聽著這些話，心情變得有點沉重。

「我對林羽他們完全不抱以任何希望，因為他們從一開始就不覺得自己可以成功，沒有成功的信念，又怎可能會成功呢？」

「既然知道結果，你又算計那偽君子？」

徐于莉跟陳怡婷的想法一樣，差別在於陳怡婷直覺認為林羽是偽君子，而徐于莉則是加上自己分析認為林羽是偽君子。條條大道通羅馬，殊途同歸而已。

「算計林羽的事，是需要讓陳怡婷覺得『有點事可以做』，看起來不至於孤軍作戰。」

「……怡婷姐姐有點可憐。」

「她不需要可憐，她的作用不在這裡。」徐于谷很難得的為陳怡婷說了一句好話。

「喔？」徐于莉還是第一次從徐于谷的口中聽見這種帶有讚賞性質的話，她的眼睛瞬間亮了起來，「所以二哥你的打算是什麼？」

徐于谷伸出兩根指頭，「我有兩個大方向：建設和破壞。」

「嗯？」徐于莉瞬間感到不太對勁。

「建設就是跟其他學校或機構合作，有可能是合併，有可能是改名，也可能是轉成職業

高中。」

「對哦，這的確是個方法！」徐于莉鬆了一口氣，不過下一刻，她發現自己之前的感覺沒錯。

「而第二個方向是讓遠天高中成為唯一在遠天區的高中，它就不能廢校。有可能吸收其他高中的學生。誘騙？煽動？我尚未決定。可能到最後，就是字面意義上的破壞。因為只要在遠天區裡，遠天高中是『被需要』就行。」

「唔～」

徐于莉知道自家二哥一開始「做事」就會十分認真又不擇手段，但聽完這段話後，她已經有點後悔幫助陳怡婷勸說自己的二哥。

解除廢校命運這件事，後果可能比徐于莉之前預想的都要嚴重得多。

「別擔心。」徐于咎笑了笑，食指指著自己的腦袋說道：「現在都還只是想法，在腦子裡而已。」

「嘻嘻，我才不擔心呢。」徐于莉裝作可愛地歪頭說道。

徐于咎揉了一下妹妹的頭髮，「我回房間休息一下，大哥回來就叫我。」

看著徐于咎走進他的房間，徐于莉心裡生出一陣不安，因為她感覺在徐于咎的身上有著如同毒蛇出擊前的警戒。儘管攻擊的目標不是自己，但是徐于莉仍然感到一陣寒意……

回到自己房間的徐于咎並沒有休息，而是從書包裡把今天收集的資料放到書桌旁的文件架上。

這個好幾年沒有放東西的文件架，再次被填滿。

放好之後，徐于640又抽出了標示著「建設」的文件，然後他拿出了手機——

「這裡是張家。」

「請問張鈴表姐在嗎？」

「你是于640？要找她的話，直接撥她的手機就可以，不用撥家裡的電話，而且你知道她從不接家裡的電話吧？」

徐于640自然有張鈴的手機，但正如張鉀所說，他不是要找張鈴。他解釋道：「不一定是找她，只是有些關於商業收購和合併的問題，想要請教。」

「喔？這個我正好有涉獵，問我就可以了。」

「再問一下，如果我有些實質的事情需要你的幫忙——」

「自然要付出代價，就算是表兄弟也是一樣。」

「明白，那——」

◆◎◆※◆※◆◎◆

第二天早上，徐于640在家門外見到那個跟他打招呼的陳怡婷。

徐于谿前天跟陳怡婷一起回家，因此發現她原來只住在距離他家不到三分鐘步行時間的公寓，而且途中還有一間供陳怡婷買三角飯團的便利商店，方便得很。

「早！」

「早，昨天不是說不見嗎？」

「反正教室裡都會見到，所以我就早一點過來，不行？」說著這種打倒昨天自己的話，陳怡婷把手中剛拆開了包裝的三明治遞過去。

「今天不是三角飯團？」徐于谿不客氣，大口大口地吃著。

「交換著吃就不會厭惡。」陳怡婷很有心得。

「辛苦了。」

兩人並肩往學校的方向前進。

「對了，昨天我買了點零食給林羽他們。」

「喔。」

陳怡婷本以為徐于谿會問一下之後發生的情況，又或是自誇一下把所有事情猜中等等，可是他什麼話都沒有說。

「喔什麼……你可以多點關心嗎？」覺得委屈的陳怡婷嘛起小嘴。

「喔、關心？」徐于谿停了下來。

陳怡婷點頭，「嗯！」

「妳好像有點生氣，之前不是這樣。」

聽到這句話的陳怡婷真的生氣了，「因為你一點都不關心啊！」

看著這個樣子的陳怡婷，徐于砮靈光一閃，想起最近每個月，妹妹似乎都有這麼幾天會對他和大哥無理取鬧的情況。

「所以今天來月經？我有幫妹妹買過、哇啦——」

陳怡婷反應了過來，二話不說，兩手捏住徐于砮的雙頰。

「沒有、你閉嘴！」

大概一分鐘的時間，覺得教訓得差不多的陳怡婷才收了手。

「痛……」徐于砮揉著兩邊臉頰。

陳怡婷臉紅紅地說道：「才不是來……來月經，而且來了也不需要你關心！」

「藥妝店就在那邊，很方便——」

陳怡婷這次狠狠地擰了徐于砮腰間的軟肉……

大概半分鐘之後，陳怡婷才放手，惡狠狠地瞪著徐于砮。

「好吧，我不說了。」知道怕的徐于砮不再表現出自己的關心。

雖然徐于砮不明白，不過他發現對陳怡婷這位朋友，跟自家妹妹不同，似乎不是什麼事情都可以「關心」。

「先別說那些，昨天林羽真的變積極了很多。」陳怡婷擺手，轉移話題。

「喔……不對，是嗯。」徐于谷吸取教訓，把「喔」改成了「嗯」。

「不再問一下嗎？」陳怡婷戳了一下徐于谷。

徐于谷從善如流：「之後發生了什麼？」

「之後可厲害了！在放學鐘聲響起之後，林羽又到教師辦公室去，每見到一個老師就去打擾一次～接著呢，他就被說了幾句，什麼擺攤要先申請等等——哈哈！」

「林羽的行動力跟妳差不多，很厲害。」

被稱讚的陳怡婷「嘻嘻」笑了兩聲，很受用。

「不過別誤會，即使林羽再做什麼，我還是討厭他，因為他做這些事都不是為了拯救學校，而是知道我在看才做，虛偽！」

「有人為妳做事還討厭他……林羽真可憐。」徐于谷嘆氣。

「哎、他那是虛偽！」

「的確，林羽是個偽君子，不過他現在是真心在做事，比那些完全不做事的小人，不是好很多嗎？」

「嘛……唔，話是這樣說沒錯，不過還是會覺得他很討厭。」

徐于谷聳肩，「妳真是難以理解。」

陳怡婷向徐于谷做了個鬼臉，「你為林羽盡說好話，你們是不是好朋友？」

「算計的對象，了解是必須。」

「切。」

不知不覺間，徐于咎和陳怡婷已經來到學校的大門前。

「到學校了，一會見唄～」陳怡婷向徐于咎道了聲再見。

「一會見。」徐于咎回了她一句。

徐于咎瞄了一眼校門前的風紀股長。而那一位風紀股長早就注意到徐于咎，因此被徐于咎發現時，還很大方地點頭。

徐于咎認識他，這位風紀股長是同班同學，而且跟林羽是很要好的朋友。

「嗯哼？」

徐于咎又看向操場裡陳怡婷的背影。

「如果那不行的話，可能還可以利用這些事……」

接著徐于咎走到那群平常會聊一、兩句的男生群裡。

「早。」

「早啊，徐于咎。」

幾人聊著男生的話題，徐于咎不時插話一、兩句，裝作進行群體生活。不過現在他的腦子裡全都在思考剛剛發現的事。如果發生了，又該怎樣解決？

「或許可以利用……」

「你在說什麼？」

「剛剛想起一句歌詞。」徐于咎打著哈哈。

應該說，徐于咎正在做準備——到底要怎麼把這種「不受控的因子」變成「關鍵的X因子」呢？

即使很大的機會用不上，但徐于咎什麼時候都在準備。

對比起滿身都是陰謀，整天都在算計他人的徐于咎，那位「把思考交給徐于咎只管聽令行動」的青春少女陳怡婷，正展開她多彩的校園生活。

「怡婷，剛剛有個男生問妳在不在～」

「欸？是誰？」陳怡婷歪頭。

「他自稱圖書館管理員，但現在不是只有妳一個嗎？」

陳怡婷皺起眉頭，她已經很久沒跟那群拋棄圖書館的前同伴說話。儘管他們只是隔壁的二乙班，但就算見了面，也僅是點頭打招呼的程度。

「有說找我什麼事嗎？」

「那倒沒有，似乎……是好奇？」

「喔……」

「他在追求妳嗎？」

陳怡婷搖頭，「沒有。」

覺得奇怪的陳怡婷沒有再說下去，把話題轉到其他的方向，例如：學校旅行時的準備、考試時的重點在哪、影集裡哪個男演員最帥氣等等。

◆◎◆※◆※◆◎◆

如此平靜又平凡的半個月過去……

自從跟陳怡婷成為了「朋友」之後，徐于咎的生活由學校到家的兩點一線，變成了擁有拐點的兩點一線。

例如：早上陳怡婷一定會出現在家門前跟他一起上學，中午有那麼幾天會被陳怡婷抓住請客，下午放學後兩人又不時聚到圖書館裡討論。

更多時候是徐于咎一個人到遠天區的各所高中了解、考察、計畫。

借徐于莉的一句話——如果不算上那些有機會出現的可怕計畫，二哥的高中生活不只有女（生）朋友，兩人還有共同（努力）的目標，比起之前，的確是變得充實起來，成為了「現充」一樣的存在！

至於林羽在校內的行動？

徐于咎沒有放太多的關注。

而現在，林羽聚起來的那一群人，只剩下一半不到。

在這之前，林羽更被老師警告別再擺攤子，後來老師清場，他又把攤子改成可以快速收起的形式，就像路邊小販那樣。

徐于咎由陳怡婷口中聽了很多次，應該說是聽陳怡婷罵了很多次，尤其是那一群早早放棄的同學和終於出現來阻礙行動的老師。

本以為林羽忙得很，絕不會注意自己的徐于咎還是被他找上。

某個星期五的中午，午休鐘聲響起後，大部分學生開始享用自己的便當，但還有小部分像徐于咎那樣打算外出吃午餐。

「聊聊？」

林羽叫住正要外出吃午餐的徐于咎。

「喔。」儘管知道有可能是大麻煩，不過徐于咎還是用著平常的應答方式，話調平和地說道：「好。」

「到西洋屋吃？」

徐于咎輕輕點了點頭，他本就打算吃西餐。

兩個沒有交集的同學第一次一起吃午餐。

「我選好了。」早決定吃什麼的徐于咎說道。

「我也選好了。」

徐于咎發現林羽比起陳怡婷還要有主見，完全沒有舉棋不定的行為，很快就選好要吃的餐點。

林羽放下菜單，眼神銳利地盯著徐于啓，「徐同學好像都沒怎麼參加簽名行動。」

徐于啓裝作沒感覺到林羽的敵意，他表露出一向在班上的形象那樣，和善地向林羽微微搖頭道：「我對這些事，比較不會。」

「班上有不少同學都這樣，這……怎麼說呢？我其實是很想要說服你們一起加入進來，畢竟像陳怡婷說的那樣，遠天高中是大家的母校，總不能看著母校廢校而不作為吧？因此還是需要我們盡力幫助解除被廢校的命運。」林羽臉上帶著笑容，言詞間煽動性十足。

只是徐于啓卻輕易的從他這句話和臉看出來，他其實沒有在笑，甚至一點都不在意母校被廢的事。他如同陳怡婷的直覺、徐于莉的分析那樣，做這種事都有其他目的。

「是這樣沒錯。」徐于啓點頭。

「對啊，畢竟是自己的母校，你不打算盡一分力嗎？」

「嗯、我有簽名。」徐于啓解釋。

「不夠！」

林羽捶了一下徐于啓的肩膀，一副老朋友的模樣說道：「話說……我這個班長的說服力可能沒那麼高，不過徐同學這個星期不都是跟陳怡婷一起上學嗎？她沒有說服你？」

「喔。」

心裡想著「終於問出來了嗎」的徐于啓，不似林羽預期中的閃閃躲躲，反而光明正大地

說道：「陳怡婷是有來說服我，只是我真的不太會做這種事，站出來跟別人說話……這些我不行。」

林羽自是沒想到徐于咎完全沒有解釋，甚至連隱藏都沒有，就那麼大大方方地承認了這一件事。

過了一會才反應過來的林羽咳了一聲，心裡奇怪，但仍裝作打趣道：「這麼煩人的朋友竟然也說服不了徐同學，哈哈！」

「不算是朋友，就只是上學途中遇上，回家之前又被她煩一下的程度。」徐于咎聳肩，更正林羽的話。

「是、是……是這樣嗎？」林羽愕然。

「聽說她家在我家附近，時常遇上。唔，現在這麼一說，我覺得她似乎是為了說服我故意跟我『偶遇』。」徐于咎似有其事地說著。

「可……可能是那樣也沒錯……這事她應該能做得出來。」林羽恍然大悟，本來對徐于咎的敵視解除了一點。

「我是真想不到，班長原來這麼執著。」

徐于咎說謊。他自然知道陳怡婷的固執已突破天際，到了破碎虛空的地步，不然他不可能被纏上。

「這才是她啊～」林羽大笑。

「呵……我是現在才知道她那麼煩人，不過我好像沒看過她出現在校門口幫忙？」

「她有買些物資給我們。對了，放學的時候會來幫忙嗎？」

「喔？」徐于明皺了一下眉頭。

林羽並不需要徐于明參加和幫忙，他只是單純的借驢下坡。

「沒關係。」林羽裝作大方地拍了一下徐于明的肩膀。

「希望你可以成功。」徐于明笑了笑。

接下來，這次午餐就以和諧為主軸完結，就像徐于明預計的一樣。

如果……

沒有之後的事，對林羽來說到這裡已經完結。

了解徐于明跟陳怡婷疑似有關係的「原因」後，林羽沒再把徐于明放在心上。徐于明是個小人物，一個不起眼的同學。要說有什麼特點，就是徐于明說話的聲調平和弱氣，彷彿不可能會生氣，而且他還有一身讓人敬而遠之的沉悶氣場。

但是，這個世界上沒有如果。

時間再次轉動。考試無聲無色地過去，迎來了——

學校旅行。

05

若大勢在己，何須用毒？

「我們快到了～」陳怡婷走在隊伍最前方，手裡拿著一面寫上二年甲班的三角小旗子。同為班長的林羽也說道：「再走一會就到了！」

雖然這時的陳怡婷和林羽給別人一種「應該是帶著一群人走在山間小道呼吸清新空氣」的感覺，只不過二年甲班的旅行目的地——鄰市溫泉村，其實是一個有點現代化的地方。

二年甲班的同學們並不是走在山間小徑，而是一個接一個走在行車道旁的柏油路上，艱苦地步行前往他們預訂了的溫泉旅館。

本來步行這件事是大家決定好的，並不至於讓人生怨，可是今天的氣溫突然急降，明明昨天還是那種穿一件風衣就可以應付的涼爽，一夜之間下降至就算穿一件皮衣外套還是有點不足夠的寒冷。

「為什麼要省錢搭什麼爛火車！」胖子同學說話的時候口裡吐出白煙。

「就是。」不常抱怨的徐于昝此時亦不滿了起來。

徐于昝討厭體力活，不喜歡冬天，極厭惡寒冷。因此在這種天氣下，他選擇跟看起來很暖和的胖子同學落在隊伍最後。

身處隊伍中間位置的班導師應該是聽見徐于昝等人的抱怨，朝前方的陳怡婷問道：「怡婷～我們還有多遠？」

「快了、快了。」陳怡婷回過頭看了一眼同樣走得不耐煩的班導師，「誒哈哈」的笑了兩聲，「嗯，我們再走三公里就到了。」

「還有三公里！」胖子同學激動得吼出來。

不只胖子同學如此激動，就連隊伍中的不少同學也跟著起鬨：「剛才不就已經說過只剩下三公里嗎！」

「就是就是！」

「誒哈哈～」陳怡婷頂著她的包包頭裝傻，四十五度角看向天空，似乎不打算回答這麼深奧的數學題。

如果是一些無關重要的事，大概會被陳怡婷蒙混過去。但是「三公里」的路程一點都不短，而且是加上之前已經走了三公里的情況下……

「林羽！」

同學們知道問不出裝傻扮蒜狀態的陳怡婷，氣沖沖地找另一位行動負責人林羽。被點名要求回應的林羽，吞了一下口水。

他不得不轉身向同學們和班導師解釋：「剛才的確是三公里，不過那次是『還有三公里就到溫泉村的地界』，而這次是『還有三公里就到旅館』，應該要這樣解讀才對。」

「什麼！」

「就、就是這樣。」林羽無奈聳肩。

如此高明的語言藝術，徐于咎覺得不可能是直腸直肚的陳怡婷想出來。十有八九是兩人同時看錯地圖，當發現之後，由比較聰明的林羽補救而編出來的。

不管事實的真相是什麼，接下來第一時間出現的，還是二年甲班眾人的崩潰之音——

「啊呀～好後悔啊～」一些男同學在哀號。

「早知道就不省那些錢了。」女同學似乎更後悔。

「很冷啊……」有位瘦弱的同學叫道。

「要是知道溫度下降這麼快，應該不要省錢，預訂一輛遊覽車的。」同樣有投票權的班導師十分後悔。

至於一向務實的徐于咎，差點就要伸手招一輛計程車。不過在叫車之前，他再看了一眼在前方高舉著旗子、鬥志高昂的吉祥物班長。

「算了。」

徐于咎打消念頭，拍了一下胖子同學的肩膀，說道：「加油吧。」

「嗯！」胖子同學向看起來十分不行、臉青唇白的徐于咎鼓勵道：「你也要加油！」

徐于咎笑了笑。

大概二十分鐘之後，遠天國立高中二年甲班全體學生，終於來到了溫泉旅館。

「把遊覽車的錢省下來，真是太英明了！」

「高級！」

「豪華啦～」

二十多分鐘前還在後悔的班導師和一眾同學立即改口，彷彿用盡腦裡與讚揚同義的詞語

也無法表達二年甲班全體決定的英明！

自我滿足的原因，其實是來自二年甲班眾人面前的溫泉旅館。

旅館位置座落於山腰，拔地而起的方形城堡，層次分明、多重院落型的日式建築，只看一眼就讓人生出置身於某知名大師的動畫世界的感覺。

「這裡會有湯婆婆嗎？這裡會有小千嗎？」

徐于咎自然沒有女生那般幼稚問出這種小學生才會問的問題，但即使是他，也同樣覺得這座旅館有省交通費來住一次的價值。

「你們好。」大門前站著幾個身穿日式浴衣的女服務生向二年甲班眾人打招呼。

「妳好，我們是……」班長林羽立刻上前去交涉。

至於班長陳怡婷，則是搖著她的二年甲班小旗子，興奮地向班導師問道：「我們要拍照嗎？要拍照嗎？要拍照嗎？」

「當然！」班導師點頭。

徐于咎睨了一眼，嘀咕道：「明明應該先整頓……兩位都太隨興。」

「我們走唄。」胖子同學指向溫泉旅館的大廳。

「哦。」

徐于咎累得沒心情欣賞這座看起來十分豪華的城堡式旅館，而素來不喜拍照的他跟有著同樣心情的胖子同學，神不知鬼不覺地溜進旅館大廳。

「歡迎光臨弄竹溫泉旅館。」

說話的是穿著黑色浴衣的女服務生。

「喔？」胖子愣然。

經驗比較足的徐于咎，臉色自然地向她們點了點頭，再指著大廳裡的沙發問道：「我們可以坐那邊休息嗎？」

「當然可以。」

「還有，我可以要兩杯熱水嗎？」

「好的，請稍等。」

「謝謝。」

徐于咎和胖子向她道了一聲謝之後，就往最近的沙發走去。

「噗」的一聲，胖子放鬆閉著眼，他胖胖的身體陷進沙發，「辛苦了～」

「對啊。」徐于咎學著胖子那樣，可是他瘦削的身體在質量上沒胖子高，沒能成功陷進去。被柔軟包圍的徐于咎，感覺自己已身在暖和夏日的海灘上，細滑的沙子輕輕托起他的身體，他閉上眼睛。

——美好。

——舒適。

——想睡。

然而，這種時光不到半分鐘就被打斷……

「徐于咎？」

徐于咎本來以為是端水過來的服務生，不過對方不可能知道自己的名字，所以他睜開眼睛，看向聲音傳來的方向。

前方不遠處站著一個留著及肩直髮、戴著逆「卍」字型髮夾，瓜子臉，身上穿著紫色印花布浴衣的女生。

徐于咎在滿足於暖和溫度的臉上，揚起微笑，向那個女生說道：「張鈴表姐。」

雖說是表姐，但兩人的年齡相差不到一個月，重點是兩人小時候上同一所國小，也是所謂的青梅竹馬。

除此之外，張鈴的父親還是張氏商業集團的董事長，是個富有人家的千金大小姐。徐家比不上張家有錢，但徐于咎也是在零用錢不缺的小康之家出生。

「穿著運動服呢。」張鈴「嘿嘿嘿」地笑了幾聲，大大咧咧的坐到徐于咎旁邊。

「嗯。」

張鈴戳了一下徐于咎的手臂，「學校旅行？」

雖說是千金大小姐，但徐于咎完全沒感覺到她有多會禮儀就是了……

「是啊。」徐于咎向大廳門口處望了一眼，陳怡婷那群人還在拍照。

了解徐于咎性格的張鈴，瞬間就腦補完事情經過，拿出表姐的架子教訓道：「你這時候應該去跟同學們一起拍照才是！」

「呵呵。」徐于咎訕笑，轉移話題道：「妳也是學校旅行吧？表哥呢？」

張鈴一聽見「表哥」這兩個字，臉上立即現出厭惡的表情，像是拍蒼蠅一樣擺著手，「不是什麼學校旅行，我跟幾個朋友來玩，至於我哥……咳咳、提起這傢伙就覺得噁心，請別提起他！」

「喔。」徐于咎沒太在意。

從小時候開始，這對雙子表哥、表姐的關係時好時壞，最近更聽說關係降到冰點。徐于咎早就習慣跟這兩人的相處方式了。

「對了，你的學校好像要被廢除？」

「是啊。」徐于咎點頭。

「嚴重嗎？要轉校過來嗎？」張鈴關心的問道。

國小時期在多蘭市讀書的徐于咎，正是住在張家大宅裡。

雖說轉學對徐于咎來說是個不錯的提議，但他還是搖頭道：「我應該可以解決。」

對徐于咎來說，身為女孩子的張鈴在他們家族之中，並沒有她的雙子哥哥張鉚那男性繼承人的身分有用。

「嘖嘖、其實你當時留在多蘭市讀國中和高中就很不錯。當時就是有你在我和我哥身邊

出謀劃策，解決那些我們不好處理的麻煩事。對了，那次若不是你單槍匹馬勸退裝作小混混的國中生，我們哪有可能裝作完美的風紀股長呢？而且我現在也很需要幫手哦～」

徐于咎微笑不語，不想延續這個話題。

「嗯，我讓人把你的房間收拾好，只要你需要的時候，就一定要來找表姐我哦！」張鈴從來不懷疑徐于咎的話，因為她了解這傢伙對家人一向說一不二。他答應了別人就會盡力完成，也表示這件事真的是可以解決的程度。

徐于咎並不太想跟自己的表姐談這些事，笑著又轉換話題道：「對了，這裡有什麼可以逛的地方嗎？有什麼特色小吃嗎？」

徐于咎不喜歡走動，不過他的覺悟不低，覺得自己對學校旅行的地點還是有必要了解一番之後再去參觀。只是他問錯人了，事實上比徐于咎早來半天的張鈴也不甚了解溫泉村這處地方。

但——

絕不想說不知道的張鈴，自然不可能說出自己並不清楚的事實。她立即裝出一副專家似的模樣，在徐于咎看不見的瞬間，用手機下載景點介紹的程式，然後再扯了一堆廢話，才開始講述介紹溫泉村的景點……

對此一無所知的徐于咎認真地聽著，就這樣一個說、一個聽。期間，服務生還端來兩杯熱茶，一副和諧的景象。直到張鈴的幾個朋友陸續來到大廳，兩人的對話才中斷。

「他們來找我了，我先走了。」

「欸？哦……」徐于昝向張鈴揮了揮手，瞄了一眼那群正在等張鈴的男生和女生，看起來都是跟自己同年級的學生。

「唔？」徐于昝嘀咕了一句，只是他沒時間思考這個突然生出的問題，因為遠天高中二年甲班終於拍完大合照，三五成群地走進溫暖的旅館大廳。

「你怎麼不來拍照！」

陳怡婷早就發現徐于昝偷懶，只是礙於拍照無法馬上過來。而現在，她是用班長的身分向徐于昝興師問罪。

無甚悔改之意的徐于昝點頭，「喔」了一聲應對。

面對如此可惡又欠打的徐于昝，陳怡婷差點就要使出捏臉加擰腰間軟肉的大招，但因為現在同學太多，被人發現會不好意思而作罷。

「算了。」

「呵呵……」徐于昝笑，這次是他的勝利。

陳怡婷知道再說教也沒啥用，撇了撇嘴，轉而管束那些精力過剩、正在搗蛋的同學們。

「喂喂，你們兩個給我回來！」陳怡婷指著兩個男同學，他們正強行跟不願意拍照的服務生姐姐拍合照。

「快停下來，你們是高中生不是幼稚園學生！」陳怡婷處理完兩個男同學，這次是另外

三個正在玩「大皇帝」合體的男同學。

「別以為我聽不見，妳們寄存好行李就別再藉故在禮賓部評頭論足，這會讓禮賓師先生很困擾！」陳怡婷又把幾個犯花痴的女生拉回去。

當陳怡婷在忙的時候，另一位班長林羽則是負責其他任務。例如……拍醒睡著的胖子同學。然後當陳怡婷差不多把大家都抓回來後，他才走到前方裝作維持秩序的領袖。

「累活都交給陳怡婷，然後接管她的努力，大家看不到她的行動，所以她才被人說成吉祥物……真是精明的偷懶者。」徐于咎感慨。

很可惜班導師沒聽見，她正一人在櫃檯手忙腳亂地辦理二年甲班學生們的入住手續。

大概二十分鐘後，二年甲班全體學生都分配到所屬的房間，男生們在同一層，女生們在另一層，涇渭分明。

雖說林羽一副很有計畫的樣子，陳怡婷又像是很會組織，不過這兩人其實都沒有訂下任何集體行動。至於那位本就不太上心班務的班導師？就更別指望她會組織什麼了。

在分房發完房卡後，班導師簡單地讓大家分成小組，叮嚀外出要小心的話，警告那些精力過剩的小子別做違法的事，說明晚上七點要回來吃晚餐，十點之前要全都回來旅館，最後有什麼事就打她的手機等等。接著她就讓各人解散，各自各精采。

可以說，二年甲班的學校旅行自由度是前所未有的大。但相對地，自由對很多人來說等同懶散。

徐于呇在聽完張鈴表姐的簡介後，他覺得附近的景點還是不太吸引人。

例如：溫泉博物館。

博物館放的都是以前泡湯時用過的東西，使徐于呇有種如同在垃圾場裡將撿回來的垃圾當寶貝放著一樣的感覺。重點是，自己還要珍而重之地去看那些東西？

至於另一個溫泉石，可能它的實用價值很高，可是徐于呇真心認為黑不啦嘰的石頭並沒有半點觀賞價值，再說這種石頭看起來比起便宜的玻璃珠子都要差得多。

最後是重點推薦，日治時期興建的浴池。

對於特別的建築，就像這一座旅館，徐于呇還是很欣賞。他實際上有點想去看，不過很可惜那邊正進行翻新工程，什麼都看不了。

因此徐于呇抱著「在天氣冷的日子就是要在被窩呀！不然要幹嘛？」的想法，跟志同道合的胖子立即往電梯的方向走去。

他們現在只想回房間休息睡覺。

發現這件事的陳怡婷正想要追上徐于呇的時候，卻被旁邊的朋友拉住。

「去博物館！」

「呃……行李……對，我要先把行李放回房間！」

「妳不知道嗎？寄存在禮賓部的行李，可以讓他們幫忙放到房間呢～」

「喔……」陳怡婷愣了一下，不過手臂被拉住的她無法擺脫。只能目送著徐于咎跟胖子兩人走進電梯。

「走唄！」

「只有兩天時間，要爭取每一分每一秒！」

「那……好吧……」陳怡婷搖走了有關徐于咎的念頭，屬於她的吉祥物式笑容重新出現在臉上，「我們去玩啦！」

「這才是怡婷啊～」

「哈哈。」

就這樣，陳怡婷跟她的朋友正式開始了愉快的學校旅行。

◆◎◆※◆※◆◎◆

下午卻拉上窗簾的雙人客房裡，兩張床上都有一位蓋著棉被倒頭大睡的傢伙。只看那被子上的形狀，不難發現兩人是一胖一瘦的組合。熟睡的兩人沒發出半點鼾聲。

寂靜的房間裡，突然——

一陣急速的敲門聲和緊接而來的叫喚，破壞了這份寧靜。

「徐于咎在嗎？」

蓋著厚被子、躺在床上的徐于咎右手伸出被窩，拿起放在旁邊的手機一看，下午五點三十分。

「徐于咎在嗎？」又是一陣叫喊。

徐于咎放下手機，把被子拉高一點，直到蓋過頭，無視門外那人的叫喚，繼續倒頭大睡過去。

「我知道你剛才直接回房間了！」

徐于咎不理會。

「別裝不在，我就知道你在裡面！」

徐于咎還是不理會，可是這不代表其他人不理會——

「喂……」

突然間，徐于咎那蓋過臉的被子被拉開，以為外面那人走進來的徐于咎被嚇了一跳。出現在他眼前的，是張睡眼惺忪的胖臉。

「找你呢。」

徐于咎跟胖子同學因為天氣冷而發懶，到達房間後就開始睡，到了這時已經差不多有三個多小時。

「嗯。」徐于咎無奈起床，套上運動外套。

胖子擺了擺手，又爬回去他自己的那張床，「晚餐叫我喔。」

「知道了。」應了一聲的徐于豁用手掃了一下頭，權當是整理睡亂的頭髮，穿著室內拖鞋，拉開門，一臉不爽地問道：「怎麼了？」

在徐于豁房門前的不是別人，正是二年甲班的班長陳怡婷。

「竟然真的在睡覺！」陳怡婷戳著徐于豁的手臂。

徐于豁拍開她的手，沒好氣道：「不然要幹嘛？」

「話說你妹妹真的很了解你，還好我有留意一下你……」

「喔，她怎麼了？」徐于豁聽到「妹妹」兩個字之後精神了一點。

「她沒什麼事，不過你就有很大的問題！」

徐于豁撇嘴。

「旅行自然要走走看看～」說著這句話的同時，陳怡婷拉著徐于豁的手臂，想要把他拉出房間。

徐于豁沒想到陳怡婷突然動手，不過即使知道他也反應不過來。下一刻，他就被陳怡婷拉著走出房門。

「等等——我沒帶房卡，又未穿鞋子……」

「我沒那麼好騙，還好于莉告訴我要小心你的謊言！」陳怡婷手上的力度不減，直到把徐于豁完全拉出了房間，房門也「啪」的一聲關上為止。

「……我是說真的。」徐于豁無奈。

感覺有點不對勁的陳怡婷放開手，回頭看向徐于咎，發現穿著休閒服的他，腳上只穿著室內拖鞋。

兩人沉默了一會。

陳怡婷搔頭「哈哈」地笑了兩聲，指著他身後的門說道：「啊啦～門關了。」

徐于咎繼續沉默。

「胖子在嗎？叫他來開門啊。」說著這話的陳怡婷，打算敲門。

「算了。」徐于咎嘆了口氣，阻止道：「別叫他。」

「哦？」陳怡婷停手。

徐于咎沒解釋，轉而問道：「妳的朋友呢？」

「逛完博物館、看完溫泉石後，我就一個人先回來了。」

「妳應該再多逛逛，而不是來這邊搞事……」徐于咎不滿。

「哼哼、身為班長總要照顧一下班上那些內向的同學，何況我們還是那種關係～」陳怡婷洋洋自得地向徐于咎眨眼。

「什麼那種關係，噁。」徐于咎瞪了陳怡婷一眼，擺手道：「我去泡室內溫泉，那邊即使穿著室內拖鞋也可以去。」

「對喔！」陳怡婷眼睛突然冒出小星星。

徐于咎被陳怡婷這模樣嚇退了半步，雙手抱在胸前，警剔道：「妳怎麼了？」

「我長這麼大還未泡過溫泉呢！」陳怡婷又哈哈笑了幾聲，再一次沒有預警地拉著徐于BUG的手臂，「走唄～」

徐于BUG雖然腦子不錯，但在這種需要身體反應的事情上，他一點都不在行。不只是他，就連他的妹妹、大哥、表姐和表哥也一樣。總而言之，跟徐于BUG有血緣關係的幾乎都沒有運動天分。

不到十分鐘的時間，兩人來到旅館其中一處室內湯池外的櫃檯。

「我還以為是男女共浴……」陳怡婷似乎有點失望。

徐于BUG很意外，「想什麼呢？」

「我以為都是像電視上那樣穿著泳裝然後一起泡湯，那樣還可以聊天。不然一個人泡多悶！」陳怡婷自然地回答。

「想太多了。」

正當陳怡婷慣性地要去捏徐于BUG的臉時，櫃檯職員插話：「室外湯池才可以穿泳裝男女共浴，而室內湯池全是高達四十度以上的高溫湯池，並且屬刺激性的美人湯。雖然以乳膠和尼龍製成的泳衣本體並不會被腐蝕，但泳衣上的顏料大多沒有在高溫情況下的抗腐蝕功能，因此在進入湯池之後有可能被分解釋出化學物質。同時間，皮膚的毛孔在高溫下會擴張，因而大量吸入這些化學物質，對人體造成傷害。所以本旅店的室內湯池不能穿著泳裝入浴。」

「欸欸欸？」陳怡婷的臉紅了起來。

大毛巾。

「什麼都不能穿，所以才分男湯、女湯。」徐于咎接過職員遞來的保險櫃鑰匙、肥皂和大毛巾。

陳怡婷在短暫的大腦當機後，也接過職員遞來的東西，指了指男湯，嚴肅地對徐于咎說道：「你這邊，我另一邊，別偷看哦！」

「誰會看妳。」徐于咎斜眼瞄了一下陳怡婷。雖然陳怡婷一向都穿得很保守，看似性感跟她完全絕緣，不過即使隔著厚的衣服，徐于咎還是能夠發現嬌小的她有著身材不錯的反差事實。

「哼！」

徐于咎咳了一聲，提醒道：「別泡太久，會頭暈。」

「知道了。」

在櫃檯處的職員微笑地看著這兩位客人的背影，笑著道：「其實沒人的時候，還是可以聊天的。」

誠如職員所說的，這裡雖然分成男湯、女湯，不過中間僅是用一道上方沒有密封的高牆把兩邊隔開，所以兩邊還是可以大聲說話交流。

正好這個時段只有徐于咎和陳怡婷兩人來泡湯。

徐于咎把脫下的衣服鎖到櫃子裡，拿著鑰匙和肥皂走出更衣間，進入湯池的範圍。在他

眼中，這個室內湯池的設計很普通。

這裡分成三項主要設施，先是兩邊的湯池，一邊是冷泉，一邊是熱泉；其次是旁邊的洗身、洗澡的地方；再來就是蒸氣室和乾蒸室。

泡過不少次溫泉，而且自律的徐于咎，先使用溫泉旅館提供的肥皂洗身。而這時，他聽見隔壁陳怡婷的叫聲——

「欸欸欸！」

徐于咎皺了一下眉頭，不打算理會。

「徐于咎～」

徐于咎愣了一下，擦肥皂的手停了下來，疑惑地問道：「什麼事？」

「借一下肥皂」

徐于咎不滿：「出去借。」

「頭髮和身都已經濕了……」

「妳有毛巾的。」

「唔、借一下又不會死。」

雖然有點不爽，不過徐于咎自己已經塗好肥皂了，所以還是很厚道地把肥皂拋過去，而下一刻傳來陳怡婷清脆的「哎呀」叫聲。

徐于咎忍著笑，他知道發生了什麼事，內心裡湧起一陣成功報仇的快感，隨即明知故問道：「妳又怎麼了？」

「你可以再準一點哦！」

「還給我。」

「切切切，不還給你這個小氣鬼！」

徐于明笑了笑，沒再理會隔壁的傻瓜，用水沖了沖身體，開始泡溫泉……

靜，還是靜。

對於徐于明來說，這種感覺不陌生，有點喜歡，因為靜的時候思考變得清晰，而且溫泉的暖和驅散了身上的寒冷。

然而，這種寧靜的時間並沒有多長，在女湯那邊傳來「噗」的一聲後，又再傳來陳怡婷的叫聲：「燙～啊～」

徐于明皺了一下眉頭，嘆了口氣，開始以口述的方式教導陳怡婷泡溫泉的正確方法……

於是，兩人又開始聊天。

「喂，徐于明。」

「啥事？」

「學校啊、計畫啊……都過去了一個月，我們真的會成功嗎？」陳怡婷自我懷疑。

「……會的。」徐于明把「大概」兩個字吞掉。

陳怡婷得到保證之後，情緒高漲地應和：「喔喔哦！」

「話說，妳之前不是不參與這次旅行的籌備嗎？怎麼突然又重新去幫忙？」徐于咎在半個月之前就已經想問這個問題，不過因為不好意思和尷尬，最後沒向陳怡婷問成功。

「那邊有你在嘛～」陳怡婷簡單道。

「哦……」

「真冷淡，我可是很相信你的，不然絕不會來幫忙組織這次旅行！」

徐于咎挖苦道：「妳確定是幫忙而不是幫倒忙？」

「你出去就死定了！」陳怡婷怒道。

「呵呵，是啊是啊……相信我？」徐于咎語言不屑，但臉上卻不自覺地笑著。要是陳怡婷看見，大概會還他一句：口嫌體正直啊你。

「嗯嗯，我有新的任務嗎？」

徐于咎之前給陳怡婷的任務就是替林羽加油打氣，再跟金群群一樣保持騷擾那些借書的同學……

徐于咎就是給陳怡婷一點事情讓她做著玩，但過了這麼長的時間，即便是陳怡婷這個很傻、很天真的吉祥物，都已經發現這些行動如徐于咎說的那樣：沒什麼作用。

「喂～」

「嗯？」

徐于咎閉上眼睛，不說話。

「到底有沒有？」

「一會再說吧。」

「神神秘秘的。」

徐于明輕輕嘆了口氣，由湯池中站了起來，走向蒸氣室，「我去蒸一下，妳自己注意別泡太久。」

「少擔心我，最好把你自己也蒸熟！」

正在思考事情的徐于明，沒心情反駁，走進蒸氣室。

一個人思考著，把所有的事都一一推演，再計算出結果——

「不行。」

「代價太大。」

「如果不允許……大概只能飲鴆止渴了。」

幾分鐘之後，徐于明聽見陳怡婷喚他出去，應了一聲他同樣換衣服出去。剛走出更衣間的徐于明，還未見到陳怡婷，就已經聽見她大呼小叫——

「這裡有柚子茶！」

徐于明發現陳怡婷的手裡有兩杯吐著白煙的飲品。

「給你。」

在體質上無法抗拒食物和飲料的徐于明不疑有他地接過，喝了一口，又看了一眼牆上的

掛鐘，說道：「味道不錯，但還有一個小時才到晚餐時間。」

「唔、這時間不上不下的……」陳怡婷苦惱。

「兩位客人——」

徐于咎和陳怡婷幾乎同時轉過頭，看向櫃檯的職員。

「旅館的三樓有一個綜合娛樂間，有桌上遊戲、電腦、書報、小說漫畫等可供消遣。」

「謝啦！」

得到這個消息的陳怡婷立即眼前一亮，謝過這位旅館職員之後，馬上拉著徐于咎來到空無一人的娛樂間。

徐于咎本來只打算看小說和漫畫，但陳怡婷卻硬拉著他一起玩電視遊樂器。比賽的結果很正常，反應神經極度欠缺的徐于咎，完全不是陳怡婷的對手。

格鬥遊戲打了十回合，有九回合都被陳怡婷打出完美的「Perfect」；賽車遊戲比賽五圈，她全跑完了，徐于咎還在第一圈，而且還走了反方向；網球遊戲……他基本上連球都沒怎麼打中過。

雖然勝利是一件很讓人興奮的事，不過當對手只是個戰五渣時，這滿足感得打上大大的折扣，因此最先放下搖桿的是一開始要玩的陳怡婷。

「不玩了？」正玩得著迷的徐于咎愕然。

「你弱到一個極點，要是再跟你玩下去，我一定遭天譴～」陳怡婷恨鐵不成鋼地搖頭，又說道：「剛剛你在泡湯時沒說完的，現在繼續說嗎？」

徐于咎猶豫了一會才放下搖桿，看向陳怡婷時一臉認真。

「先說明一點，林羽和妳的行動是有意義的，但效果就那樣子而已。」

「嗯嗯。」

「即使我們把簽名簿交上去，仍不可能在短時間內扭轉事態的發展。何況在學校的阻礙下，林羽他只收集不到三分之一的師生簽名，八成不到，完全沒有說服力。」

說出這一段話的徐于咎本以為陳怡婷會歇斯底里的暴跳如雷，但是卻沒有，她只是不在意地笑道：「林羽那傢伙都沒有真心在幫忙，成績自然也差……說到底，他不過是被惡劣的你利用起來的傢伙而已。」

「唔。」徐于咎很意外，陳怡婷並沒想像中那麼不明事理。

「接著說你的計畫。」陳怡婷拉了拉徐于咎的衣袖。

再沉默了一會，徐于咎才嚴肅地說道：「我現在要告訴妳的，是我覺得可以扭轉局勢的行動。」

陳怡婷收起笑容，凝重地點頭。

「我打算破壞。」

「破、破壞？」陳怡婷不解。

「遠天區並不只有一所高中。」

「這事我們都知道。」

徐于咎清了清嗓子又說道：「有這個認知的人會輕易生出另一個理所當然的想法：遠天高中即使倒了也無所謂，區內還多的是高中，轉去其他學校也可以。」

「是的。」陳怡婷雖然不想承認，但事實上遠天高中就是一所可有可無的高中。

「首先，遠天高中不是職業學校；其次，同類型的升學高中在區內並不少；其三，學生們的成績不突出，不吸引家長把孩子送進去。因此，遠天高中除了歷史悠久外，並無半點可取之處。」

「唔。」

「我之前有跟妳簡短地介紹了一下，不過這次我就是針對這一點做出計畫！」

「什麼——」

徐于咎打了一個響指，打斷陳怡婷的話問道：「到這裡，妳明白嗎？」

陳怡婷遲疑了一下，臉上現出一絲不安，「我、我……不明白……你想做什麼？」

「剛剛說了，就是破壞。」

「可是……可是這是犯罪……」

「不。」徐于咎發現陳怡婷有點誤會，馬上搖頭道：「直接破壞其他的學校，看起來是最方便的方法，不過這其實是一顆用糖衣包裹著的毒藥。我們只要一開始，就要一直進行下去，而且很有可能會被抓住。」

陳怡婷拍了一下胸口，像是鬆了口氣的樣子，但仍是很著急地問道：「那你要破壞的是什麼？」

「人與學校之間的信任。」

「信任？」陳怡婷不解。

「如果把大部分家長送學生到學校的理由都總結一遍，其實就可以得出一個結論——家長信任學校的『某種東西』，所以他們才會讓自己的子女到學校裡學習，讓學校的老師教育自己的子女。」

陳怡婷倒抽了一口冷氣，說不出話。

整個娛樂間只剩下食指輕敲著桌面發出的「塔塔嘀嘀」聲。

良久後，陳怡婷搖頭道：「子女的意願呢？我們是有自由意志的！」

「那是由家長給『我們』選擇的權力，說自由選擇什麼的，其實並沒有任何不同，最後還是……由家長來決定給不給我們『自由選擇』。」

陳怡婷張了張嘴，想了一會，她沒能想出反駁的理由。

「我們要破壞的正是這一層信任！」

「但、但是……」

徐于昝不理會陳怡婷的「但是」，接著說下去：「第一步的目標是讓家長不信任選擇的

新學校；第二步是擴大不信任的範圍到遠天區的大同高職和聖耶會高中，這兩所同樣是招生不足；最後自然是讓遠天高中成為區內幾間可以被家長『信任』的高中。」

陳怡婷沉默下來。

本來應是一件光明正大又青春熱血的事，轉眼卻變成不能見光的陰謀毒計。相信不只陳怡婷，任誰聽見都會本能地猶豫和抗拒。

「……這就是你的方法？」

徐于各點頭，補充道：「這是我覺得在最少時間裡，成功機會最高的方法。」

「如果、如果……」陳怡婷望了一眼徐于各，又低下頭，「如果我拒絕的話，你還會用這個方法嗎？」

徐于各微笑，搖頭說道：「不會。」

陳怡婷又拍了拍胸口，輕聲道：「那就好了。」

「所以？」

陳怡婷抬起頭，正色道：「我、我要一點時間考慮。」

「那這件事的討論到這裡為止。」

徐于各把搖桿拿到手上，向陳怡婷問道：「對了，我們要不要再玩一會《格鬥三十一》？我發現電玩沒有想像之中那麼無聊——」

「今晚我們一起出去逛逛吧！」不想再碰電視遊樂器的陳怡婷突然提議。

「晚餐之後可以外出？」

「班導師說過只要在十點前回來就可以啦～」陳怡婷哈哈笑了一下，又回復平常愛笑的表情。

「不過——」徐于明還不太樂意的模樣。

陳怡婷給出大姆指，「聽說這裡的夜市有很多特色的小吃和攤子哦！」

「好，就晚上去吧！」徐于明馬上點頭。

「嘻嘻。」陳怡婷只用了一個月就完全了解徐于明是正宗吃貨的這個事實！

「那《格鬥三十一》——」

「啊啦～晚餐的時間到了……待會我們八點半出發？」陳怡婷轉移話題，指了指掛在牆上的時鐘。

徐于明點頭，放下搖桿，整理一下身上的浴衣，說道：「那到時換上便服就到旅館大門前面等。」

「怎麼不在大廳裡等？」陳怡婷歪頭。

「總之就那樣……我先去叫胖子。」徐于明不解釋。

「又這樣。」陳怡婷鼓著臉。

徐于明微笑著，貫徹話只說一半的壞習慣。

「嘖嘖、我回房間去，回見～」陳怡婷向徐于明吐了吐舌頭，頭也不回地離開了。

看著陳怡婷的背影，徐于咎也站了起來。其實他沒有把話說完，那雖然是個方法，但不是唯一而且成功機率最高的方法。只是另一個方法的代價，是他難以接受的。

在離開娛樂間的時候，徐于咎看了一眼暗角處，苦笑。

「本以為不會出現，果然不是什麼都能算出來。不過……現在也好，可以放棄那方向的計畫。」徐于咎搖了搖頭，快步離開。因為他還得把房間裡的胖子叫醒。

當徐于咎走遠之後，娛樂間門外的暗角處走出了兩位身穿著遠天高中體育服的男生。

◆◎◆※◆※◆◎◆

遠天高中二年甲班迎來了晚餐時間。

陳怡婷對食並不講究，但當她前方放著一整桌精緻得如藝術品的日本料理時，她覺得省錢再入住高級溫泉旅館這個決定，真是——

屬於民主的大勝利！

至於「死硬派」、「不支持分子」、「在野黨」的徐于咎也沒再嚷嚷。即使是對食物的要求十分高、又挑剔得很的他，也無法說出「這晚餐不好吃」的違心話。

作為徐于咎的同伴胖子同學，更是早早改口，對自己中午的那番言語做出十分深刻的反省，還向班長等人表示崇高的尊敬。

因此，晚餐就在一片愉快又和諧的聲音中過去。

「陳怡婷～文雯雯那邊打算舉行枕頭大戰，要參加嗎？」跟陳怡婷同房的女生抱著枕頭向她問道。

「不了，我去逛逛。」在洗手間的陳怡婷手裡還拿著化妝工具。

「哦～是跟別人約會嘛？吉祥物要跟什麼人約會？」

「不是約會，只是帶一個不喜歡外出的傢伙外出逛逛……嘖嘖，如果我不在，他十有八九都會睡完這次旅行。」

「嘻嘻，還說不是約會？」

陳怡婷踢了她一下，笑罵道：「還不快去參加妳的枕頭大戰！」

「我幫妳掩護，加油！」

陳怡婷還來不及再踢一腳，她就馬上奔出房間。

「什麼約會……都說了不是那樣的事。」

◆◎◆※◆※◆◎◆

晚上八點半。

早了一點到達的陳怡婷，在旅館大門待了約三分鐘的時間，終於發現已經換了便服的徐于咎。

「妳……好像不太一樣。」徐于咎瞇了一下眼，直視著陳怡婷的臉。

「是嗎?變怎樣了？」陳怡婷心裡暗樂著。她沒有化很濃的妝，只是輕輕的在臉上掃了一層。這種淡妝技術，大概連二年甲班的女生都沒有如此高明的技巧，何況是對化妝不甚明瞭的男學生。而這正是陳怡婷時常看起來很可愛的原因。

「唔……應該是衣服的關係？」徐于咎頓了一下，接著擺了擺手道：「走吧，已經八點半多了。」

「嗯。」

陳怡婷有點不爽地應了一聲，指向山下那燈火通明的方向，「那邊就是溫泉村夜市。」

步行五分鐘，兩人來到熱鬧異常的溫泉村夜市。本是車道的地方，這時被旅客、攤販和行人所占領，水洩不通。

主幹道邊旁的攤子很多，有的賣特產，有的賣衣服，有的賣手工物，不過要數最多的還是賣吃的。

「想不到這麼多人……」陳怡婷感慨。

「我們那邊是一個社區附近就有一處夜市，這裡是整個溫泉村集中到一處。」徐于咎很理性地給出解釋。

「我、我自然知道！」

徐于翛很想揭穿她，話到唇邊還是放棄，轉而問道：「這邊夜市的特色食品有什麼？」

陳怡婷瞄了徐于翛一眼，再裝作認真地思考。

徐于翛再問：「有什麼？」

「唔……」

「嗯，我們還是邊逛邊看好了。」徐于翛覺得自己竟然向陳怡婷提問題，真是愚蠢到了極點。

「別那樣斜視，我是真知道的啦～只是、只是現在想不起來而已！」陳怡婷輕輕拍了一下徐于翛的手臂。

「呵呵。」

這兩人在其他人的眼中，甚至是跟著在他們身後的那個人眼中，他們似是情侶一樣。可能是因為環境的關係，平常不多話的徐于翛今天要放開得多，陳怡婷更是肆無忌憚地玩鬧。

然而，打鬧著的陳怡婷並沒有發現，在他們身後吊了兩根監視著的尾巴……

「那邊是特產！」

「哦……」

「喂喂、這個面具好看嗎？」

「喔。」

「這個、這個超好吃的樣子！」

「我去買兩份！」

兩人一邊吃一邊聊，把整個夜市都吃了一遍、玩了一遍。時間漸漸來到九點四十分，接近回旅館的限制時間。

「這個～」陳怡婷突然拉著徐于谽，停了下來，指著一個飛鏢的小攤。

「哦？」正在吃溫泉村版Q彈地瓜球的徐于谽歪頭。

陳怡婷指著獎品裡最高一層的仙女棒，認真道：「想玩那個！」

「沒玩過嗎？」徐于谽好奇問。

陳怡婷搖頭。

「那玩啊。」

「可是我沒錢了。」陳怡婷手裡拿著幾袋特產，頭上還掛著一張小狐狸的面具，她把錢都用到這些地方去了。

雖然擲幾次飛鏢並不貴，但若是一個人逛的話，徐于谽絕不會浪費這種錢，不過他知道要是沒陳怡婷邀請，自己大概就會待在房間哪裡都不去，更吃不了剛剛那些特色小吃。知恩圖報的徐于谽，二話不說就掏錢開始玩飛鏢遊戲。

可惜——

「……你到底會不會啊？」陳怡婷扶額，看完徐于谽第四輪擲飛鏢，四輪的成績都是一發不中。

「人總有不擅長的事。」徐于硲無奈地接過店主給的安慰獎品——四盒吐血龍撲克牌。

陳怡婷挽起衣袖，親自出馬，說道：「我來。」

徐于硲看了一下手機上的時間，勸說道：「只能再玩一次，時間已經不夠了。」

「哼哼，看我一次成功！」陳怡婷「嘿嘿」笑了兩聲，自信地拿走一盤飛鏢。

徐于硲付錢給攤主。

然後……

「再來，這次我一定能行！」得到安慰獎一份的陳怡婷望向徐于硲。

徐于硲再次付錢給攤主。

然後……

「不行，我一定可以！」陳怡婷像輸光的賭徒，看著徐于硲的眼神帶著不甘。

徐于硲皺了皺眉，但還是從錢包裡抽出一張紙幣給攤主。

然後……

「嗚～」陳怡婷雙手掩臉，因為結果慘不忍睹。

在第八次失敗之後，徐于硲終於不再掏錢，阻止了陳怡婷的「再來一次」，向攤主笑了笑，拉著還在嚷嚷的陳怡婷離開了小攤子。

晚上十點二十分，前往弄竹溫泉旅館的車道上。

「還是遲了二十分鐘。」徐于昝不滿地對身旁的陳怡婷說道。

「用迷路的藉口就行了！」

「哦哦。」徐于昝把視線由陳怡婷的臉轉到了她手裡拿著的塑膠袋上，那裡盛著十二盒擲飛鏢失敗的安慰獎品。

陳怡婷自然知道徐于昝的想法，因尷尬而臉紅了起來，「那麼難……我又是第一次玩，然後……你不也一樣！」

徐于昝舉起兩根手指說道：「不同，妳是我的兩倍。」

「我真的很想玩一次仙女捧嘛～」

「不管如何，事實妳還是我的兩倍。」徐于昝討打地說道。

「可惡，你這壞蛋就自己一個人吹風吧！」陳怡婷朝著徐于昝做了個鬼臉，隨即轉身快步跑回旅館去。

徐于昝無奈地笑了笑，停了下來。在陳怡婷真的走遠後才轉過身，往夜市的方向走去，把仙女棒買下來。

因為……

他要為自己將會做出不守承諾的錯事補償。

06

對他們完成了一次完美的背刺

手機是方便的發明。

它可以在別人預計不了的情況下響起，可以在別人不方便的時候響起，可以在別人正在方便的時候響起，更可以在別人睡覺的時候響起……

當有人撥號，只要手機還能夠運作，它就會響起。

雖然大多數人都討厭在不合時宜響起的電話鈴聲，但他們不會討厭自己的手機，大多只會把怨恨轉移到撥電話過來的人身上。

「你怎麼這個時候撥電話過來！」

「你知道現在是什麼時間嗎？」

「沒空！」

大家在抱怨的時候，大概並沒有思考過屬於自己的責任：為什麼不在之前先把手機調成靜音呢？

只是，不論結果怎樣都好，手機都是無罪。

◆◎◆※◆※◆◎◆

深夜一點十二分，回到旅館房間後，又洗過澡的徐于咎，坐在自己的床上，手裡拿著手機，一臉苦思的樣子。

——到底要不要在這個時間發簡訊給她呢？

的確，現在不是一個好的時間點。

徐于咎的猶豫讓時間慢慢流走，當他按下第一個按鍵，準備寫簡訊的時候，手機卻先一步震動。

「晚安。」

徐于咎發現一直猶豫的自己真是雞婆得不得了，苦笑著嘀咕道：「原來還沒睡……」

旁邊正一邊吃泡麵、一邊看著《動物星球》的胖子同學，聽見徐于咎的笑聲愣了一下，好奇地向他問道：「別笑得那麼詭異好嗎？」

「哦、沒事沒事，我出去一下。」

「喔。」

徐于咎從衣櫃裡拿出運動外套穿上，將擱在小桌上盛著東西的灰色塑膠袋拿起，對胖子同學說道：「不用等我，我有帶房卡。」

「小心點。」胖子點了點頭。

雖然兩人的對話交流不多，不過雙方早就把對方當成自己的朋友。要用一句來形容，大概就是淡如水的君子之交。

在關門後，獨自一個在房間的胖子，感慨了一聲：「有女朋友真好。」

徐于咎聽不見胖子的話，不過就算他聽見也只會說一句「不是」，不多做解釋。他沿著樓梯往下，很快來到屬於女生住處的樓層。

時間雖說已經一點多，不過學校旅行中的學生不可能早睡，所以徐于咎穿過走廊時就聽見不同房間傳來的喧鬧聲。

不一會，徐于咎找到對方的房號，敲了敲門。

「誰啊？」

「徐于咎。」

房門被拉開了一點，門後的人伸出半個頭。陳怡婷把頭髮放下來，額前夾了一個橙色的髮夾。

「什麼事？」

陳怡婷愣住，傳簡訊只是想道聲晚安，不過沒即時得到回應就以為徐于咎已經睡了，誰知這傢伙竟然跑下來……

「嗯，這個給妳。」徐于咎沒多廢話，直接把手裡的灰色袋子遞到陳怡婷面前。

「是什麼？」

陳怡婷把門全拉開，袋子正好跟她身上穿著的休閒服是同樣的顏色。因此她拿到手上時，袋子就像得了保護色般，很難被發現。

徐于咎甩走那無用的想法，淡淡地說道：「妳想要的。」

「賣什麼關子？」陳怡婷皺了一下眉頭，立即打開袋子看去，「欸欸、欸？仙女棒？」

徐于咎點頭，向陳怡婷解釋仙女棒的來歷，「妳回旅館之後，我回去跟攤主買的。」

「喔……喔喔、謝謝。」太突然而陷入呆滯的陳怡婷，還是沒忘說一聲謝謝。

「沒什麼。」徐于咎先一步結束這股凝結般的氣氛，正色道：「這是把我拉到夜市的感謝，不然我吃不到那麼多特色小吃。」

「嗯……嗯！」陳怡婷點頭，不揭穿徐于咎的「藉口」，心裡生出一陣不知名的暖意。

「先回房間，晚安。」說罷，徐于咎轉身離開。

「等——！」

陳怡婷踏前了一步，右手伸出，拉住了徐于咎的衣角。

徐于咎轉頭問：「怎了？」

「一起玩……」陳怡婷吞了一下口水，緊張使她說話變得結巴起來，臉像施了一層脂粉般微紅著，支支吾吾地問道：「要、要嗎？」

說完這句話的陳怡婷抬起頭，發現徐于咎的表情看起來一點都不意外的樣子。

陳怡婷突然有種「這傢伙早知道自己會邀請他」的感覺——果然還是那個善於算計的徐于咎！

想到這裡，陳怡婷心裡那陣奇怪的悸動消退了……

徐于咎點頭，「也好。」

「我整理一下，你等等。」

陳怡婷記起中午時的糟糕事，馬上放開徐于呇，回房間拿房卡。這裡面自然還有把徐于呇晾在外面一下，以懲罰他狡猾的小心思。

這一回頭的時間，徐于呇就在走廊裡呆站了接近十五分鐘。

「出發吧！」陳怡婷拉開門，本來隨意放下來的頭髮綁成了一束馬尾，休閒服外頭套上橙色的風衣。

「只是換這點東西要那麼久嗎？」徐于呇嘀咕著。

「人家是女生嘛～」陳怡婷「哈哈」地笑了兩聲，才不會把懲罰他的小心思說出來。

徐于呇搖頭，不理解陳怡婷的想法。

不一會，兩人來到旅館二樓的中庭。

本來徐于呇是打算到旅館外面，不過他們途中遇上值班的服務生，得知中庭同樣可以玩仙女棒這種小型煙火。

因此兩人選擇到比較方便的中庭。

弄竹溫泉旅館的中庭貫徹日式設計，竹與水這兩種自然的事物，是這裡的主要裝飾品。中庭正中心有一座小小的水池，水池旁圍繞著石板小道，小道邊放著一些石椅，石椅左右種植著翠綠的竹子，竹子間隱藏著柔和的燈光。

要是在早上陽光充沛的時候，這裡給人清幽淡雅的感覺。不過，等到晚上小道兩旁的燈光亮起，又生出另一種柔和輕鬆的感受。

陳怡婷晃了晃由服務生手中得到的火柴盒，笑著道：「真好，連火柴都給了我們呢～」

「嗯，這裡正好沒人。」徐于峪坐到石椅上。

「給你。」陳怡婷把仙女棒遞向徐于峪。

徐于峪熟練地拆開仙女棒的包裝，一盒裡有四根，每一根看樣子是燒不到三分鐘時間，要是兩人平分的話，大概玩不了一會就結束。

「一人一半！」陳怡婷先伸手拿了兩根給徐于峪。

徐于峪卻只取了一根，說道：「我玩過不少次。」

「一個人不好玩～」陳怡婷還回去。

「欸……」

「少囉嗦，我點火囉！」

徐于峪不再推卻，把仙女棒遞向陳怡婷另一手的火柴上。

「沙……」

兩根仙女棒被點燃。

火花一點點由仙女棒前端散出，陳怡婷和徐于峪兩人如同手執魔法棒，似要對這個日式中庭施展魔法一般。

可是開始的一剎豔麗之後，仙女棒再散出的火花變得沒那麼璀璨，僅是星星點點，零落地放出光和熱。

陳怡婷眨了眨眼睛，看著仙女棒散出的火花。

「好美呢～」

「喔。」

陳怡婷轉過頭，看著徐于咎的側臉，有點破壞氣氛地說道：「不過有煙的氣味。」

「是有著這種缺點。」

「嗯。」陳怡婷應了一聲，仍在看著徐于咎的側臉，柔聲說道：「那個、我想好了。」

「喔？」

陳怡婷輕聲對徐于咎說道：「我想好了，我們不要做過分的事。」

「嗯？」

「不用毒計。」

「喔。」

「我很想拯救自己的學校，但不願意破壞別人的學校……破壞信任的事。我知道你懂，而且很大機會成功。因為你是我見過的人之中最會算計的。」

「是嗎？」徐于咎手中的仙女棒熄滅。

不過陳怡婷的話沒有停下，她接著說道：「就像于莉說的那樣，我拜託你的時候，就知

道自己在打開潘朵拉的盒子，也想過有可能會出現這些不正規的手段。」

「呵呵。」聽見這形容的徐于咎不自覺地笑了出來，可是又無法否認地說道：「我本來想自己靜靜地完成。」

「嘻嘻～我也猜到，就像仙女棒這事。」陳怡婷搔了一下臉，嘴角拉出微笑。

「所以？」

陳怡婷點頭，收起了笑臉，認真地說道：「可能我在你眼中是『作偽』，但我、我……嗯，但我還是不要！」

徐于咎沒有說話，轉過頭，看著自己那根只燒了一半的仙女棒。

沒得到回應的陳怡婷，輕輕拉了一下徐于咎的衣袖，問道：「可以嗎？」

徐于咎吸了一口氣才說道：「可以。」

「我只是……欸？」陳怡婷臉紅了一下，聲音放輕道：「還以為你會很固執地拒絕。」

「只要妳不同意，我不會繼續這個行動。」

「哈……哈哈——」陳怡婷手抓後腦杓的頭髮，苦笑著。而說著這些話的同時，她手中的仙女棒也熄滅了。

「我啊～很傻吧？」

徐于咎歪了歪頭，沒有回答，而是拿起放在兩人中間的火柴，劃拉一下，給另一根仙女棒新的熱源。

「沙」的聲音響起，火點星散。

「嗯。」陳怡婷看著他手中散出的花火，滿足地說道：「仍是很美。」

徐于呇揮了一下手中的仙女棒，「其實吉祥物就是要賣蠢賣萌，不然誰會喜歡呢？」

說出這種挑釁話的徐于呇，馬上擺出防禦姿態。

要是平常的陳怡婷，這會已經伸出雙手要去撕徐于呇的臉，但是這一刻她卻低頭應了一聲：「哦。」

「哇——嗯？」看起來很滑稽的徐于呇放下了抵抗的手，問道：「生氣了？」

「沒有生氣。」

陳怡婷突然轉過身，伸出了雙手——不是撕徐于呇的臉，而是拉住徐于呇的肩膀，整個身體壓了上去。

靠近的嘴唇，在徐于呇的側臉，然後——

「啵」了一下。

陳怡婷柔聲的在他耳邊說道：「謝謝你。」

徐于呇就像中了石化魔法一樣，即使陳怡婷放開了他，仍然呆呆地看著手中的仙女棒。

「這根我要留到之後再玩。」陳怡婷搖了搖她手中那根未點燃的仙女棒，說道：「我先回去啦～」

「喔、喔喔……」徐于呇還未回復過來，隨便應了一聲。

陳怡婷離開了，徐于硲獨自一人坐在石椅上。

看著陳怡婷的背影，他不自覺地自言自語道：「……這只是普通的道謝，一定不是其他意思……」

即使他不斷地跟自己說「沒有」，可是那些妄想還是一直出現在腦子裡。

這一刻的他，心裡生出從沒有過的青春悸動外，還有兩個小時之前所發生的那一件讓他決定付出代價的事。

◆◎◆※◆※◆◎◆

時間回到這一天的十一點，弄竹溫泉旅館大門前。

「徐于硲你晚歸。」

手裡拿著一袋仙女棒的徐于硲停在人行道上，前方正站著班長林羽。

「我迷路了。」徐于硲搔搔頭，給自己找了個藉口。

「陳怡婷……」

徐于硲裝作好奇問道：「班長她怎麼了？」

「你問她怎麼了？」

「嗯。」

林羽怒極而笑，瞪著徐于晗，「你們剛剛一起逛夜市，還問我怎樣！」

「班長你在說什麼呢？」徐于晗為難地苦笑，「她又不在，要是我跟她真的一起逛夜市的話，我不會迷路。」

「少騙我！」

徐于晗愣了一下，皺眉道：「班長你是吹風吹太久，所以火氣很大？這樣……我為自己的遲歸道歉，你別這麼──」

「給我拋下用來掩飾的面具，直視著我！」

「我看著你在說話呢。」徐于晗訕訕道。

「別裝了！我在娛樂間外已經聽見了你們兩人的談話，也知道是你這個傢伙在背後做小動作！」

本來仍想繼續裝模作樣的徐于晗瞇起眼，沉默下來。

「被說中就默不作聲嗎？」

這時，徐于晗的眼神突然由平和無害變得銳利，就像毒蛇發現獵物，一字一句慢慢地說道：「我、沒、有、做、任、何、事。」

「哈？沒有做任何事？」

林羽掄起拳頭，打向一旁的路燈。

「啪」的一聲。

「路燈很痛。」

林羽咬牙切齒，沉聲怒吼道：「別跟我說這些不著邊際的話！我被你當成猴子一樣耍著玩啊！」

「自發的，嗯，都是自發行為。」

憤怒的林羽大步走到徐于咎的面前，一手抓起他的衣領，說道：「那接下來我就自發地打你一頓好嗎？」

徐于咎手中的灰色袋子掉到地上。他沒有反抗，連一點害怕的情緒都沒有表現在臉上，僅是應了一聲：「喔。」

林羽沒想到徐于咎會是這種冷淡的反應，頓了一下，又衝著他大吼道：「你真認為我不敢打你？」

「喔。」

林羽握緊的拳狠狠地揮出，然後——

拳頭停在徐于咎的臉前。

徐于咎的眼睛都沒眨一下，淡定地說道：「你不會打我。我了解你，你注重經營自己的形象，不會因『私事』而打我這個『隨和又不起眼的同班同學』。真的，我了解你。」

林羽的拳頭握得更緊，手臂因憤怒而微微抖了起來。

「我跟陳怡婷是朋友，並沒有你想的那種關係，我們只是普通朋友。」徐于咎向自己確認了一次。

「哈哈！」林羽大笑，放開徐于咎的衣領，撂下狠話：「我已經知道你們的陰險計畫！我會狠狠地對付你這個小人，讓你嚐嚐被人戲耍的感覺！」

徐于咎毫不在意地整理身上的衣服，點頭道：「祝你成功。」

「哼！」

林羽轉身，「跟我來，班導師正等著你。」

「喔……」徐于咎把掉在地上的袋子撿起，跟在林羽的身後進入旅館大廳。他看見正坐在大廳沙發上一臉憂心的班導師。

徐于咎再次把迷路的說法用上，而林羽沒有補充，兩人有默契似的沒提起剛剛的事。

班導師如是說：「雖然原因是迷路，不過遲歸還是得懲罰，所以徐于咎你就來當老師兩個月的助手吧～」

「是。」徐于咎點頭，然後回到自己的房間去。

◆◎◆※◆※◆◎◆

發生了不少事的旅行結束。

正如徐于咎所想，校長也宣布正在跟其他幾所學校展開最後的商談，最快會在一個月之

內完成，到時高一和高二的學生將可以選擇自己在本學期結束之後，新學校的去向。

遠天高中的二年甲班，又回到那種上課下課的日常。只可惜有些東西和關係，在旅行後驟然大變。

在校方再三的勸告下，林羽沒在校門處放小攤子，他放棄向學生和老師要簽名的行動，甚至不再提起這件事。不過大家都只認為林羽足夠自覺，而沒有朝其他方向猜想。

同時，林羽與陳怡婷的對話亦少了很多，關係明顯疏遠。

同班同學、班導師，甚至一些同是兩人的朋友都在猜測他們兩人是不是吵架和鬧彆扭之類。不只其他人，就連陳怡婷自己都很茫然……

有問題就去解決，是她的做法。

旅行之後的第三天午休時間，陳怡婷找到在男生群體裡的林羽。

「林羽，我找你！」陳怡婷很有氣勢地指著這陣子一直躲自己的林羽。

林羽旁邊的男生都開始起鬨了，在他們的眼中，林羽被女生指著要出來說話的感覺，十分有話題性，可以在班上說上十天八天。

「嗯。」林羽望了她一眼，走到她的面前，「到教室外說。」

陳怡婷點了點頭，走在林羽前方出了教室。

「啪——」

門被關上，兩人站在無人的走廊。

陳怡婷問：「你怎麼突然停了不再收集簽名？」

「因為沒用。」

「怎會沒用？之前不都——」

林羽打斷陳怡婷，「之前是之前，現在是現在。」

「但都已經——」

「別用這種命令的語氣跟我說話，我不是可以被妳擺布的工具！」林羽瞪著陳怡婷。

陳怡婷被林羽這種帶著憤怒語氣的話嚇到，搖頭解釋：「我……我沒有命令你……」

「哼！」林羽擺手，拉開門就回到教室，輕聲說道：「但你們在利用我。」

把一臉茫然的陳怡婷留在走廊上。

即使陳怡婷接連幾天都試著找林羽問清楚情況，但只得到那些完全不是答案的答案，最後她也熄了再問下去的想法。

「反正我也討厭這傢伙，不幫忙的話，我自己一個人也可以！」

這是陳怡婷對金群群和徐于咎他們兩人說的氣話，大概在她心裡還是覺得有點可惜。

沒了帶頭的領袖，除了陳怡婷之外，不再有學生傻傻地跟別人要簽名，所以遠天高中又回到一個多月之前的樣子。

在這裡就讀的，還是那群漠不關心、知難而退的學生；任教的還是那些早有準備、知難

而退的老師。

當然，在這所遠天高中裡，只有二年甲班班長陳怡婷的熱情依舊。

「大家來簽名～」陳怡婷接替了林羽的攤子。

「同學來簽名哦！」金群群也很賣力。

陳怡婷看了看四周，盡是些無視她們兩人的學生，還有如臨大敵的當值老師。

「群群，我們是不是真的在做無用功？」

「唔～可能吧？」

「算了，還是繼續——大家來簽名哦～」

「為了遠天高中不會被廢校！」

沒人理會還在進行的兩人，彷彿她們生活在只有她們兩人的孤島上。

然後……

又一星期過去。

這天，陳怡婷終於發現攤子並有她想像中輕易的開起來，因為擺攤不到十分鐘，就出現學生會成員來「了解」情況；半小時後又有知情的學長、學姐來「勸導」關閉；最後更會出現當值老師來「阻礙」進行。

陳怡婷清楚這群人的意思：讓她關閉這個攤子。

而他們的理由就是別給學校添麻煩！

放棄？

「放棄」這兩個字真的不可能出現在陳怡婷的字典裡。

完結一天行動的陳怡婷，讓金群群獨自收拾小攤子，她一個人先往圖書館所在的教學樓跑去。現在她沒有時間管那些亂七八糟的學長、學姐和老師，因為她還要跟徐于昝報告和商量接下來的事情。

「怡婷。」

在圖書館門外，陳怡婷被叫住。她回過頭，只見從頂樓樓梯走下來一個有著長直髮的女生——這是位不能不理會的學姐。

「朋子學姐！」

「妳很努力呢。」

這張清秀又帶點冷漠的臉，對陳怡婷來說並不陌生，不過自那次提問之後，陳怡婷有一個多月沒上去頂樓。

「嗯。」

王朋子抬手撥了一下額前的長髮，說道：「我之前好像太消極……現在，還可以讓我加入嗎？」

「當然可以——不，應該說是求之不得才對！」不疑有他的陳怡婷激動地說著，大步走

上前勾住王朋子的手臂。

「妳總是這樣。」王朋子笑了，輕輕摸了一下陳怡婷的頭。

「嘻嘻～」

嘻笑著的陳怡婷跟王朋子一起走進掛上休館牌子的圖書館，圖書館裡就只有那個正努力把書本放回架上、工作著的徐于咎。

「他是徐于咎。這位是王朋子學姐。」陳怡婷介紹道。

「妳好。」臨時圖書館管理員徐于咎，禮貌地向前任首席點頭。

「你好。」

「現在我們又多一個成員囉～」陳怡婷向徐于咎舉起了大姆指，精神奕奕的，一點都看不出她在校門那邊接收了兩個多小時的負面情緒。

負責任的王朋子提出要先完成圖書館裡的工作，當三人忙了一會，把書本都歸位之後，圖書館助理老師金群群才回到圖書館。

「妳是去偷懶了嗎？」陳怡婷很不客氣地戳著金群群的肩膀道。

金群群愣了一下，猛搖頭道：「才才、才沒有！」

「沒有？」王朋子狐疑。

「真的沒有！」

雖然金群群是老師，徐于咎也一直保持自己尊師重道的想法，但認識她一個多月後，金群群改變了徐于谷對老師的刻板印象。

「如果沒有就只會說沒有，根本不需要再加『真的』。」徐于谷指出。

「對！」陳怡婷恍然大悟，認同道：「所以妳就自己坦白吧！」

金群群嘟著嘴，小聲道：「徐同學可以不用這麼聰明的……」

「所以是真的囉？」

「唔、就是買了點小吃而已、而已……」

「竟然不幫我們買一點！」

一陣的嬉鬧之後，作為這裡的領頭人陳怡婷，開始講述最近做過的事，還有接手小攤子後的情況。

王朋子這個新來者對這些內容了解得並不多，便專心地聽。她發現陳怡婷這位她一直覺得很愛撒嬌的學妹，現在正漸漸成熟起來。

徐于谷和金群群亦補充了一些東西，他們合力把嚴峻到了頂點的情況，呈現到王朋子的面前。

處變不驚的王朋子，沒把壓力表現在臉上，仍微笑著對大家說出鼓勵的話。這看在陳怡婷和金群群的眼裡，她似乎認為所有事都可以解決一般，為這個團隊打了一支強心針。

只是在開始之後才發現文具不夠使用的事實，所以王朋子就跟徐于谷一同接下補充物資的任務。

「徐學弟。」

「喔？」

拿著文具和白紙的徐于昝轉過頭，他的身後是同樣拿著文具的王朋子。徐于昝知道王朋子跟過來，是因為她有話要對自己說。

徐于昝覺得這其實可以理解成為「警告」和「提醒」。

王朋子出現在圖書館時，徐于昝沒有立即想明白她的來意，但他早就知道她不可能是來提供幫助的。

「你知道我想說什麼？」

「我知道。」

「你會放棄嗎？」王朋子淡淡地問道。

「這個由陳怡婷決定。」

「聰明人會知難而退。」王朋子勸解。

徐于昝還是同一句話：「由陳怡婷決定。」

「學校有不少人不希望看見這件事出現波折，讓學校靜靜地消失不好嗎？要知道在現實面前，什麼人都無法改變。」

「所以妳來了。」

被打斷的王朋子皺眉，又再說道：「你的計畫被不少人知道了，他們會阻止你，我也會阻止。我希望你別拖累怡婷，她是我很重要的學妹。」

「曝光了嗎？不過行動與否，仍是由陳怡婷決定。」

因為王朋子在徐于咎的身後，所以沒看到他臉上的微笑。

王朋子似乎想說什麼，但又搖了搖頭，只道了一句：「你別固執好嗎？」

徐于咎再次聳肩。

「有看書嗎？固執的人下場大多都很淒慘！」王朋子決定用威脅的手段。

這次大概是王朋子得知到一些秘密所以才來提醒，這是屬於她的好意，可是——徐于咎仍然搖頭。

「既然這樣，我希望你理解。」

「理解，都理解。」徐于咎點頭。

王朋子皺起眉頭，徐于咎就像是在告訴她「我沒在害怕，你們一起上」那樣。如此囂張的傢伙，她還是第一次遇到。

她正想要再把後果說明白、狠狠威脅一番的時候，徐于咎突然說道：「我開門了，不希望她聽見吧？」

「嗯……」王朋子有種拿徐于咎沒辦法的感覺。

徐于咎拉開圖書館的門——

「你們晃到哪去了？不就是去拿些東西？慢慢吞吞的！」陳怡婷不滿地指著徐于咎的腦袋說道。

「就是，你們也去偷懶吧？」金群群抓到機會大說特說。

「對不起，東西太重。」徐于咎本來沒有表情的臉，拉出抱歉的微笑。

金群群吐舌頭，「我才不相信你～」

「唔。」陳怡婷皺眉。

「真的是太重。」王朋子進入她在這裡的「角色」。

「喔、應該真的是太重，早說也讓我去幫忙嘛～」陳怡婷原諒徐于咎。

徐于咎「切」了一聲，覺得金群群和陳怡婷真是差別對待。

這種四人一起為了學校不被廢除的溫馨畫面，無法延續到第二天，因為在上午第一節課之前，出現巨大的變化！

◆◎◆※◆※◆◎◆

「陳怡婷和徐于咎同學，你們兩位出來一下。」

在第一節課之前，徐于咎和陳怡婷兩人被訓導主任點名叫走，然後……兩人離開了三節課的時間，直到午休時間才回到教室。

「怡婷，發生了什麼事？」陳怡婷的朋友關心地問道。

「徐于明，怎麼了嗎？」也有男生向徐于明提問。

雖然兩人都沒有回答問題，不過兩人的神態和行動卻有很大的分別。

面無表情的徐于明靜靜地回到自己的座位，翻開小說本開始閱讀；陳怡婷像吃了火藥一樣，鼓著臉收拾書包，而且在拉開教室門之前還狠狠瞪了林羽一眼，「哼」了一聲表達不屑才離開教室。

——陳怡婷怎麼了？

大家心裡都有這樣的疑問。直到放學前的例行班會，終於有同學按捺不住，向另一位班長林羽提問。

這時眾人才由林羽的口中，得知陳怡婷是做了某些「影響校譽的事情」而停課一天，做自我反省。

這個消息瞬間讓二年甲班炸開了鍋！

這僅是第一步的轟炸，接下來連續的八卦出現。班上的有心人把那天徐于明跟陳怡婷夜歸的事說出來，更有不少八卦者說看見兩人凌晨一點多仍在旅館中庭，也有女生說出那天陳怡婷沒有參加女生的枕頭大戰等等。

這些瑣碎的片段，再聯想到林羽跟陳怡婷之間的關係突然轉差，事情變得一發不可收拾起來……

因為陳怡婷不在教室，所以眾人自然而然地把話題帶到疑似「第三者」的徐于咎身上。低調的他卻什麼都不表示，把自己當成不存在於教室裡的樣子。

不管是眼神集中到他身上，還是有好奇的男生直接提問，徐于咎依然故我，「嗯、喔、哦」單字回應加上微笑點頭，就是不做任何解釋。

面對油鹽不進的徐于咎，身為林羽朋友的風紀股長，只好把話題帶回陳怡婷身上，又爆出她好像經常跟男生一起上學，又說時常在圖書館看見她跟不同的男生交流等等。

在林羽的策劃下，各式各樣不利陳怡婷的話題傳出，漸漸有把她正面形象毀滅的勢頭。

「買東西來慰問我們都是裝的吧？」

「看起來很清純，原來是個心機女。」

然而，第一個為他們兩人說話的，並不是陳怡婷的朋友，而是一向都沒什麼存在感的胖子同學。

「陳怡婷不是這種人！」

陳怡婷的女生朋友們也幫忙開腔道：「怡婷絕不是那種人，你們別胡說！」

「偽裝誰都會啊……」有人陰陽怪氣地說著。

「心機女裝清純呀，嘖嘖……」

這情況連一向不參與班會的班導師都覺得話題變得太過分，咳了一聲，皺眉看向林羽，就像是下達「你再不控制場面我就要開口」的威脅。

林羽知道這種情況不可以繼續下去，也不需要繼續。現在效果已經足夠班上的人改變對陳怡婷的印象。

林羽敲了桌子數下，「咯咯」幾聲傳出，同學們才安靜下來。

「我知道你們都很關心陳怡婷，但現在並不是討論這事的時候。」

「哦～」有些人還是怪聲怪氣地應和。

林羽想笑，不過還是忍了下來，回歸正題道：「我們……」

班會回到本來預定的正軌。

直到放學鐘聲響起，班導師宣布放學，大家才恢復剛剛對陳怡婷的討論。

班導師不在場，這些人的想法更加天馬行空，說的話更沒有遮攔。很多不好聽的言語和下流的猜想都跑出來。

即使班上有胖子同學和幾個女生在阻止，都沒能制止這群滿是八卦思想的同學們繼續歪樓下去。

作為事件主角之一的徐于咎，卻沉默不語地收拾書包，如往常那樣向旁邊的同學道別，然後揹著書包往教室門口的方向前進。

「不跟大家解釋一下嗎？」

林羽攔在徐于咎身前。

猶如菜市場般喧鬧的教室安靜下來，不管是胖子同學、陳怡婷的朋友，還是正在八卦的

眾人，全都注視著徐于咎，等待他的解釋。

「不。」

「不？」林羽覺得徐于咎在開玩笑。

徐于咎搖頭，繞過林羽。

林羽想再攔，卻聽見徐于咎用只有他能聽見的聲音說道——

「沒想到你要對付的小人是陳怡婷，我失算了。不過，接下來請你一定要看清楚所有細節，勿謂言之不預也。」

林羽愣住。

——威脅我？

——不明白……

徐于咎說這話的意思是什麼？林羽不會自討沒趣去問「敵人」。而在徐于咎搖頭後，他也沒理由死攔著徐于咎。

林羽不屑地大聲說了一句：「裝瘋賣傻。」

班長的這一句話，又把班上的八卦之火點燃，眾人再度議論紛紛起來。

而徐于咎不做任何回應的關上教室的門，離開學校。他像平常那樣，一個人到遠天區內的其他高中視察。

◆◎◆※◆※◆◎◆

五點三十分，徐于咎推開家門。

徐于咎聽見徐于莉的聲音，正要抬起頭，卻又聽見另一道熟悉的聲音——

「二哥～」

「徐于咎。」

徐于咎發現家裡不只徐于莉一人，還有陳怡婷這位不速之客。她們兩人正盤腿坐在沙發上，一個手裡拿著流行雜誌，另一個拿著化妝盒，像姐妹一樣。

「怎麼呆了？」陳怡婷哈哈地笑了一聲，對於能讓徐于咎驚訝的事，她都很喜歡。

「沒什麼。」徐于咎搔了搔頭，一臉為難地向兩人搖了搖手中的紙袋，說道：「我只買了一杯焗西米布丁，所以于莉可以分點給陳怡婷嗎？」

「嗯？」陳怡婷和徐于莉完全沒想到他第一句話是說這種事情，腦子轉不過來。

不過，作為妹妹的徐于莉很了解自家二哥的個性，很快就反應過來點頭道：「嗯嗯，當然可以啦～」

「我把它分成兩杯。」

徐于咎放下書包，穿過客廳往廚房走去。

「我還以為他會呆很久，又或是問『妳為什麼在這』、『妳不是應該在家』的話……妳

二哥真冷靜。」

徐于莉搖頭，裝出一副黯然神傷地說道：「如果要形容二哥，嗯、他就是個只剩下理性的有機物。」

「啊哈哈~真真真貼切！」

只是徐于莉看到這樣笑著的陳怡婷也想對她說：而妳就是沒心沒肺的傻瓜勇者。

當然，徐于莉沒有說出口。她跟陳怡婷嘻嘻哈哈笑了一會，又開始說著一些有關女生的話題。

幾分鐘之後，徐于硲拿著兩杯焗西米布丁放到小桌上。

「好吃！」

廚師很喜歡陳怡婷這種反應大的人。

「不錯。」

至於徐于莉，反應明顯就小得多。

徐于硲一副放下心頭大石的樣子，「是新品。」

「欸？你時常買甜點給于莉嗎？」

徐于莉和徐于硲同時點頭。

徐于硲又補充了一句：「她喜歡吃。」

「真羨慕啊……」儘管陳怡婷對正餐的食物沒有太大要求，可是作為普通女生的她也十分喜歡甜食。

「呵呵～」徐于莉得意地笑著。

陳怡婷生出點小小的嫉妒。

吃甜點的時間不長，陳怡婷開始向徐于明問起班上的事。

儘管徐于明在開始之前就知道一定會發生被針對的事件，可是他真的沒有算到林羽那一句「對付小人」，竟然是對付陳怡婷，而不是他……

不過，現在再說什麼都沒用了，因為陳怡婷被停課的原因並不是學校旅行時夜歸，而是在校門多天違規放置雜物、未經學校許可而進行活動和煽動其他學生違規等三項理由。

徐于明一同被叫去的原因，是為陳怡婷提供幫助而被警告。當時連金群群都遭殃，她被幾個年長的主任訓斥。

四人之中，只有昨天才加入的王朋子沒有被抓出來。

「都是些什麼爛理由！」徐于莉不忘吐槽。

「就是就是，明明林羽擺一個月都沒有問題，我擺一星期就被罵還停課……可惡！真不公平！」陳怡婷憤憤不平地說道。

「現在說林羽怎樣、林羽什麼的，也無濟於事，他們已經開始正視我們的行動。可以明白這次停課是對我們的一次小警告，接下來可能還有其他針對我們的行為。」徐于明用手抵著眉毛嘆了口氣，問道：「現在……妳還要繼續嗎？」

陳怡婷沒發現徐于咎那苦惱表情下隱藏的陰冷，一貫不服輸地點頭，「要！」

徐于咎微笑。

——這樣就可以了。

接著，陳怡婷又跟徐于咎聊了一些沒什麼營養的話，又教徐于莉怎麼化妝才會看起來更可愛。

直到七點多，徐于咎被妹妹逼著送陳怡婷回家……

「回來了。」

「怡婷姐姐又不是住很遠，送女生回家是男生應該做的事，你知不知道？」徐于莉很認真地戳著徐于咎的手臂教訓。

「下次注意。」

「不過，怡婷姐姐其實還真的很蠢……都已經被停課了，還那麼固執要撞破東牆。」徐于莉對陳怡婷的行為感慨。

「是撞破南牆。」徐于咎糾正。

「我知道！」徐于莉氣急敗壞道：「這是幽默，你懂嗎？」

徐于咎微笑搖頭，「閒談莫說人非，而且她不蠢。」

「她不是蠢是什麼？」徐于莉自動無視徐于咎的前一句話，又不同意他的後一句話。

「知難而進的人不多，他們迎難而上的身形看起來十分愚蠢，像螳臂擋車；聰明的人懂得知難而退。可是當大家都『聰明地』退後一步，又有誰去守護在一步前的重要之物呢？」

「唔？」徐于莉不理解地歪頭。

徐于咎說到這裡打住，接下來的道理需要時間消化才會理解。正如他接下來的行動，亦需要準備才能開始。

時間在轉動，徐于咎的計畫也在繼續組織著。

跟家人吃完晚餐後，徐于咎把自己關到房間裡。

正常來說，他今天要去完成那些屬於他的家務事，不過他卻呆呆地看著電話上顯示的號碼，猶豫了近半個小時。

凌亂的書桌上有不少奇怪的東西，如遠天區其他高中的資料、有關學校制度的介紹、惡意收購的書籍等等。

「真的要這麼做嗎？」

徐于咎猶豫了一會，看向那一根放在桌子上，已經無法再燃燒的仙女棒。

補償已經做過，所以……代價是付出的時候。

徐于咎撥了一通電話過去——

「張家。」

「我是徐于咎。」

「找我的父親？」

「先找你。」

「哈哈哈——我就知道你會來找我，我很了解你的情況，要說服他，你需要作為繼承人的我。」

「在等我的電話？」徐于咎用的是問句，不過說出來卻像陳述。

「我需要你的才智和行動力來解決現在身上的麻煩，就像國小那時候，無間合作。」

徐于咎很了解自己的表哥，正如他了解自己一樣。他沉默了一會才說道：「可以。」

「嗯嗯，再說你的問題，還有時間嗎？畢竟對方有不同意的選項。」

「半年。」

「很好，星期六晚餐面談？」

「謝謝。」

「別客氣，我們一直都是很要好的表兄弟。」

徐于咎掛上電話，呼了一口氣，把桌子上的東西收好。

突然間，「啪」的一聲，房門被粗暴地推開。

「二哥，你是不是忘記自己今天要洗碗？」徐于莉沒有敲門就闖進來，還興師問罪。

徐于咎擺了擺手，「我馬上就去。」

「還有還有，你的兩套舊校服破了嗎？不是才買了兩個月？怎麼又買兩套新的回來？」

「褲子破了個洞。」徐于昝淡淡地說道。

「喔……我幫你丟？」

「不用，我過幾天把校徽拆下來，再送去舊衣回收站。」

「嗯嗯。」

打發妹妹離開自己房間的徐于昝，也走出房間，他還要完成屬於自己的家務事。

07 我不信因緣果報

停課的影響？

要說大可以很大，要說小其實也真的很小。

陳怡婷並沒有被記警告，所以這次停課不會記錄在她的成績表上。即使有記上去，也不過是加在高二的成績表，而不是最重要的高三成績表，因此對陳怡婷日後的影響可以說是微乎其微。

不過，除了學業之外，在其他方面還是有著影響的。那就是「公開懲罰內容但不公開懲罰原因」而引出的謠言。它破壞了陳怡婷在學校內的形象，從一個品學兼優的學生，一夜之間成了戴著好學生面具的虛偽者。

尤其在林羽有意無意的引導和宣傳下，學校旅行那夜跟徐于舀夜歸的事被無限放大，所以大家都以為停課是因為那天發生了「某些事」。

作為校方代表的班導師想為陳怡婷澄清，不過因為有更高級別的主任阻止，她沒能把陳怡婷停課的真正原因公開。

儘管暗地裡可能有不少班上的學生都同樣夜歸，而且誰都知道那天有不少男生在女生的房間裡逗留到天亮。

可是那些事都沒有浮出水面。

這種事一被甩到明面，就得被人指責。

而這種情況，是林羽營造出來的氣氛。

陳怡婷停課結束回到學校上課的第二天，午休時間的時候，曾有一位女同學向正在擦黑板的陳怡婷問道：「那天妳真的夜歸嗎？」

當時，關注這件事的人都靜了下來。

陳怡婷沒有停下擦黑板的動作。她並不覺得那有什麼問題，再說她跟徐于咎也不過是在夜市裡逛街而已，因此如往常一樣，十分大方地證實這件事的真實性：「有啊，我有告訴班導師了哦。」

「欸？」女同學驚呼。

這時，其他聽見陳怡婷話語的同學們也發出了一陣陣私語，內容不外乎是「她竟然承認了」、「太囂張吧」、「破罐子破摔嗎」等等。

陳怡婷沒有聾，雖然被加上吉祥物的稱號，但她並不是傻瓜。她停下擦黑板，轉頭看向那位最先提問的女同學。

陳怡婷的語氣有點凶，「怎麼回事？」

「沒沒沒事……」女同學虛偽地笑著擺手。

「古古怪怪的。」說罷，陳怡婷又繼續擦黑板。

輕輕的幾句，陳怡婷不只被貼上「心機女」的標籤，還加上「囂張的」三字形容詞。

這些小細節，陳怡婷都沒在意。她的眼裡本就沒有被限制在這一班三十多人的同班同學之內，正如她始終如一地對同班同學訴說著她想要拯救學校的想法那樣。

至於另一位主角徐于明，如同不存在於教室裡的路人甲，即使大家的話題觸及他，亦會因為他的沉默和微笑而終結。

而不聽勸告的陳怡婷，在這天的放學後又跟金群群去擺她們兩人的攤子。

她們不是傻瓜，被停課一次後陳怡婷學精明了一點，聽取了徐于明的提議，沒再選擇在校門內放攤子，而是把位置定在校門外的街道。

「徐同學真狡猾啊～」

金群群一邊搖著小旗子，一邊看著那些在學校裡的老師同事對自己乾瞪眼。

「呵呵，在這裡他們管不著我們唄。」陳怡婷也示威地向校門那邊的學生會風紀揚了揚下巴。

囂張，十分囂張。

即使兩人如此囂張，校門內那些想要阻止她們的傢伙，卻不能像之前那樣，強行收去她們的攤子。他們現在可以做的行動，大概就是撥一通電話到警察局，把警察叫來，然後驅逐兩位……

可是陳怡婷很有信心，自己即使在這處站到入夜也不會有警察過來。因為徐于明早把分析完完整整地告訴了她們——

「有、有有警察過來？等等，那我們的處境不就很糟糕！」陳怡婷慌張起來。

「很糟糕！」金群群附和。

「他們可以選擇這樣做，但是他們不會這樣做。」徐于咎搖頭。

陳怡婷和金群群也是把眼睛張得老大，只有王朋子這位無間道皺起眉頭，顯然已經想明白其中的關鍵。

「喂喂，別說話只說一半啊！」陳怡婷伸手就去捏徐于咎的右臉。

「就是！」金群群也伸手去捏徐于咎的左臉。

習慣的徐于咎只是象徵式地抵抗了一下，本來瘦削的臉就被拉得像麵餅一樣。

「咳咳，正經點。」王朋子看不過去。

「是他不好！」陳怡婷指著徐于咎。

「沒錯～」金群群也指著徐于咎。

徐于咎揉著臉頰，接著說道：「我們之所以會被阻撓，是因為學校不想廢校的事出現枝節，要靜靜地消失，而不是轟轟烈烈地在輿論上現身，波折四起。」

「嗯？」陳怡婷的手已經準備再次伸出。

徐于咎瞄了一眼王朋子，後者像個沒事的人一樣回看徐于咎。他搖了搖頭，沒有把那天王朋子對他警告的事說出，直接一筆帶過。

「他們的意志左右著上層人物，林羽也因此倒向他們那一方……」

「所以呢？」金群群追問。

「他們需要的是結果不變，而不是引起社會關注，讓廢校告吹。」

「喔……喔？」

「徐學弟的意思是，他們不會把事情鬧大。只要叫來警察，就很可能會有記者之類的人跟隨而來？」王朋子接著解釋。

「就是這樣。」

陳怡婷總算聽明白了，她展現出奸商式的大笑聲：「哈哈哈～那我們就可以肆無忌憚地開攤了！」

從回憶中回過神，陳怡婷發現徐于咎這時拿著袋子揹著書包，正要走出校門，他身邊是同樣揹著書包的王朋子。

雖然陳怡婷知道徐于咎今天跟王朋子有事要處理，也知道自己沒王朋子那麼聰明，所以在需要動腦子的時候幫不上忙，但是當陳怡婷看到徐于咎跟另一個女生並肩而走的時候，她還是有種不自在的感覺。

——很想插到兩人的中間，把看似親密的他們隔開！

「你們要加油～」金群群向徐于咎他們兩人揮手。

「徐于咎你完成任務就馬上回家，別亂跑！」陳怡婷一副隊長模樣向徐于咎吩咐道。

徐于咎和王朋子向她們點了點頭，越走越遠，漸漸消失在陳怡婷的視線中。

◆◎◆※◆※◆◎◆

來到遠天區邊緣，遠天公園旁邊的一所咖啡廳。

徐于咎和王朋子分別點了一杯飲料，坐到靠近窗戶的位置。兩人也沒開口，都在等對方先說話。

論耐心，兩人不相上下。

可是徐于咎並不急切需要由王朋子口中知道什麼，但王朋子卻有需要由徐于咎口中了解更多的事……

不對稱的起點使徐于咎掌握著主動權。

徐于咎這時專心看著窗外的景色——遠天公園。

那裡有著不少玩耍的小朋友，也有看護孩子的家長。有著這些耀眼的同時，也有不起眼的東西在陰暗的角落裡。那裡有著一些被人忽視、由紙箱堆砌出來的小窩。

王朋子順著徐于咎的視線看過去，終於開口說道：「大概是流浪者住的地方。」

「我知道。」

「你沒告訴怡婷我不是真心幫忙嗎？」

「沒有必要。」徐于咎依然專注在窗外的公園。

「要是不說的話，我可以一直在你們之間，聽取你們的計畫，然後再告訴他們。」

「請便。」徐于咎回頭，做出一個「請」的姿勢。

本來裝囟作勢說著話的王朋子微怒道：「那你約我出來是想要做什麼？」

「來咖啡廳喝飲料。」徐于咎微笑道。

「啪」的一聲，王朋子終於被徐于咎這種「什麼都不在乎」的態度惹毛了，一手用力地拍在桌子上。

桌子上的杯子抖了抖，灑出了一點咖啡。

「你可以認真點嗎？」

徐于咎點頭，嘴裡卻說出不著邊際的話：「希望妳下一次拍桌子之前告訴我，好讓我能先拿起杯子，不然咖啡全倒，多可惜。」

「喂！」

「借用陳怡婷的話來說：一杯要一百塊呢～」徐于咎微笑。

王朋子吸了一口氣，她發現自己被徐于咎的話勾起負面情緒。這時，她從書包裡掏出一本小說，再瞪了徐于咎一眼，說道：「那好，我們慢慢喝！」

「嗯。」

兩人在如此詭異的氣氛裡，又靜了下來。

窗外，在公園玩耍的小朋友來了一撥，走了一撥，時間過了三十分鐘。

當徐于咎下意識拿起杯子的時候，才發現咖啡已經喝完。他搖了搖頭，輕輕敲了一下桌子，對前方的王朋子說道：「我喝完，先走了。」

「欸？」王朋子以為徐于咎要說些什麼，卻沒想到是要離開的話。她不可能讓徐于咎離開，趕緊伸手拉住他的手臂。

「你到底在計畫什麼？」

「喔、我的計畫？」被拉住手臂的徐于咎轉過頭，一臉戲謔地說道：「我的計畫就是讓陳怡婷以為我們真的有在行動，接下來她不會責備我在偷懶，我也不會被她捏臉，而妳在她的心目中還是一位好學姐。」

「不是這些！」王朋子似是被「好學姐」這三個字刺痛，臉容因憤怒而變得扭曲。

「那妳覺得我的計畫是什麼？」徐于咎不解。

「你一定有什麼陰謀、有什麼毒計，你之前的計畫就是那樣！」

「昨天妳不是說自己都已經知道了嗎？那群用推薦信利誘妳來當刺客的傢伙沒有清楚告訴妳嗎？」

當徐于咎說出「那群用推薦信利誘妳來當刺客的傢伙」這句話時，王朋子的心突然咯登一聲，脫口而出：「你怎麼知道？」

徐于咎微笑，「我現在知道。」

「啊、哈……你任何時候都理性得過分……」王朋子言不由衷地讚揚，搖了搖頭，「你不可能再用已經曝光的計畫，那什麼破壞家長對其他學校的信任之類的，是吧？」

「本來我就不能用，因為陳怡婷不批准我使用。」徐于咎如實說道。

「嗯？」

「在旅行那天就被陳怡婷否決了，所以我們現在只是跟之前的林羽一樣，擺擺攤子，做一些無用功。」

「欸？」

「讓陳怡婷停課？呵！你們太敏感了。」

王朋子不相信徐于咎的話，她沒有放開徐于咎的打算，「你說清楚一點！」

「不相信我可以，但妳應該要相信陳怡婷，她不會對妳說謊。」

這句話聽起來很簡單，不過卻像刀子一樣，狠狠地刺向王朋子的心。

徐于咎甩開王朋子的手，「我相信有因有果，可是並不相信因緣果報。」

「啊？」王朋子不明白徐于咎突然說這話的意思。

「我做出來的因，不一定會報到我的頭上；但妳做出來的因，有可能會報到我或是陳怡婷的頭上，而且不論是善還是惡。」

「你——」

徐于咎拍開像溺水者的王朋子伸出來的手，微笑道：「最後的話都說完，我真的要走，不然新品的甜點就要售完，妹妹會不高興。」

想不通的王朋子，沒有再去抓徐于明的手臂，更沒能說出一句話，只是看著徐于明離開的背影。

她的心裡不自覺地生出了一陣內疚和後悔。

那一天之後，徐于明就沒見到王朋子出現在圖書館裡，也沒在學校裡見到她。半天後，他才由陳怡婷口中得知她暫時不會回學校。

「朋子學姐為了準備大學的入學考試而申請在家自修呢～」

徐于明點了點頭，又問：「她有問妳其他事嗎？」

「有啊～就是問一下你的事，像你的計畫之類的。」

「她具體問了些什麼？」

「就是被我否決了的計畫……」陳怡婷說到這裡皺了一下眉頭，瞇著眼，「她似乎很關心你的樣子，你們之間有什麼不可告人的秘密？」

徐于明笑了笑，「沒有。」

「真的沒有？」陳怡婷質疑。

「沒有。」

「肯定沒有？」

「沒有。」

「雖然笑得很可疑，不過沒有加上『真的』和『肯定』，所以應該是沒有……」陳怡婷一邊點頭，一邊分析。

「呵呵。」徐于咎被陳怡婷的學習能力逗笑了。

◆◎◆※◆※◆◎◆

又一星期過去了。

陳怡婷漸漸被班上的女同學們孤立，只有最親近的朋友有跟她一起玩；男同學沒有再對身為班長的陳怡婷保持以前的尊敬，更多的是用語言來調侃她。

脾氣本不算好的她，加上簽名行動不順利，在班上就像個一點就炸的火藥筒，不時會對那些不守規矩的同學破口大罵。在林羽的暗中操縱下，二年甲班終於出現換班長的聲音……

雖然在報復陳怡婷一事上，林羽獲得了成功，可是在徐于咎那邊，他卻完全無計可施。

徐于咎是他們的大腦、軍師。

如果陳怡婷他們有任何行動的話，一定是由徐于咎出謀劃策。只可惜跟蹤徐于咎的人，都各有自己的原因而先後離去。

第一位王朋子是自己放棄；第二位二年甲班的男生認為徐于咎沒有可疑；第三位二年乙班的女生覺得徐于咎太無聊而主動棄權……

即使這樣，這三人也回報了不少消息給林羽背後那群人——徐于峹的行蹤不定，有時會早早離開學校，有時又會在圖書館裡幫忙到六點多，除了早上跟陳怡婷一起上學、幾乎每天都買甜品回家之外，並沒有既定的規律。

這天放學後，林羽沒有像平常那樣如密探般在遠處盯著陳怡婷和金群群，不耐煩的他決定去找徐于峹，來一次正面對話。

——不能再處於被動了！

因為廢校流程已經快到完成的時間，林羽不想再跟徐于峹糾纏下去。

林羽發現自己今天的運氣不錯，徐于峹沒有四處遊蕩，而是呆在圖書館裡幫忙。

當林羽來到圖書館時，沒發現徐于峹以外的人。因為這陣子放學時段的圖書館不時會無預警地關閉，所以學生們大多都會選擇在中午和休息時間的時段完成借書。

徐于峹一邊操作著影印機，一邊把印完的文件放到旁邊的桌子上。

「徐于峹！」

徐于峹抬起頭，「班長你好。」

徐于峹對任何人都會打招呼，即使是已經撕破了臉面的敵人。

這點讓林羽很不爽，他完全看不懂這人到底在想什麼，不說話時很沉悶，說的話自己又不理解，到最後自己像是被徐于峹看穿了一樣……

林羽討厭徐于峹。

「你在幹什麼？」

「影印。」徐于咎指著身旁的一大疊文件，一臉看白痴的表情說道。

林羽沒有惱怒，不打算再繞圈子，開門見山地問道：「在印些什麼？是你的陰謀？還是你的毒計？」

「呵呵，我不是整天都有陰謀吧？」徐于咎聳肩。

林羽瞪著他，「你是。那是什麼？」

「這是班導師要我印的，不信你可以來看看。」徐于咎說著的同時，隨手把剛影印出來的文件遞給林羽。

林羽皺了一下眉頭，雖然不少老師都是他們這一群的人，但二年甲班的班導師並不在這一列。

要不是因為有班導師在處處維護陳怡婷和徐于咎，這兩人一定會得到更嚴重的懲罰。林羽這群人已經準備好後路。老師有下一個東家，學生有下一所的學校，連之前遲遲未決定的林羽都已經決定在期中考後轉學，而不是等學期結束再轉到其他高中，因此他們最不希望有任何枝節橫生。

遠天高中最好的消失方式，就是不引起波瀾，無聲地消逝。

「我看看。」林羽毫不客氣地馬上接過去，一抬眼就看到文件最頂上的幾個字：轉學申請書。

林羽對這東西的出現並不感到奇怪，最近不少學生向老師們查詢，所以班導師多準備一點亦是正常事。

可是……

準備者是徐于咎？林羽覺得這一定有什麼特別重大的陰謀！

儘管是老師的請求，作為普通學生如果沒有正當理由是無法拒絕的。不過老師是不會找不願意的學生，尤其像徐于咎這種四體不勤又安靜沉悶的傢伙。

「班導師為什麼會找你而不是找我？」

徐于咎皺了一下眉，一口氣問出兩個問題：「不是你把我夜歸這件事向班導師上報的嗎？你不知道我正在受懲罰嗎？」

「欸、哦。」林羽腦子有點轉不過去。

「當班導師的助手，不然你以為我喜歡做這種事嗎？」徐于咎反問。

「是哦。」林羽恍然大悟。雖說徐于咎有合理的理由，但他還是不能完全相信徐于咎的說辭。

「還有事？來借書？」

「不借書，我要拿走一份。」林羽手裡緊抓著這一份申請書，要是徐于咎不答應的話，這裡面就有陰謀！

「可以，反正你之後都會得到一份。」徐于咎點頭道。

「那、我拿走了。」

林羽覺得徐于咎的陰謀一定是體現在這份轉學申請書裡，即使徐于咎如此大方地交到他手中，也必定存在著一些蛛絲馬跡……

因此他決定今天晚上就研究這份申請書到底隱藏著什麼陰謀！

「再見。」

「再見。」

走火入魔的林羽就那樣轉身離開圖書館。

看著他的背影，徐于咎輕笑了一聲，收拾東西。

如果林羽在十分鐘之後又返回人去留空並掛上閉館牌子的圖書館，他就會發現影印機的記錄裡一共影印了兩次。第一次的數量是完成三十六份，時間為五十分鐘之前；另一次是中止了三十六份，時間是十分鐘之前……

在關上圖書館的大門後，徐于咎把那一疊三十六份申請書拿到教師辦公室，放到班導師的桌面。

還未離開學校的班導師向徐于咎道了一聲謝，又給了他一份小點心，當作是慰勞品。

陳怡婷在校門看見正要回家的徐于咎，跟他報告這天的成果——自然還是一個簽名都沒有拿到手。但她們兩人並不喪氣，反而精神奕奕的。

兩人的氣勢在任何時候都那麼足。

有時候徐于劭也搞不明白陳怡婷的內心到底是怎樣的構造，但至少知道，她在意志方面已經堅韌得如同鋼鐵。

向陳怡婷報告只是走過場，在小攤子旁邊的徐于劭又替陳怡婷出了點鬼主意。在兩人都讚好的當下，他離開了。

三人完滿地結束這一天的校園生活。

回到家，徐于劭沒發現妹妹在，只看見桌子上一張寫著「表哥跟表姨丈都來了，回到家就給我們通電話～」的便條。

徐于劭淺淺地笑了笑。

在幾天之前，徐于劭跟那位出生在大富商之家的表哥張鉚見過面，然後答應了他一些條件，而今天他就過來履行自己的約定。

「是時候了。」

親戚的餐聚，徐于劭自然得出席。

來到浴室，脫下一身校服，扭開水龍頭，和暖的熱水由蓮蓬頭灑出。

徐于劭感覺到一陣迷茫，圈套已經圈上，計畫已經啟動，補償已經做過。即使是他自己這個主謀現在站出來叫停，事態亦不是他能夠阻止的。

大眾的意志下，一個人的力量微不足道。

徐于咎到現在還不知道自己有沒有做錯。但轉念間他又釋然了，這件事的錯與對，都不是他應該考慮的。他唯一需要考慮的，是爭取更多的時間，把成功的機率提到最高。

徐于咎洗淨一身的雜念，換上便服，走出浴室，撥通妹妹的電話，出門去。

◆◎◆※◆※◆◎◆

第二天，一則震驚整個遠天區高中的學生聚眾鬥毆事件，點燃了整間遠天高中。因為有受害者指出——這裡面有人是穿著遠天高中的校服。

遠天高中學生參與街頭鬥毆的消息，只用了一天的時間就傳遍整個遠天區。接下來，一個又一個沒根據的猜測出現在二年甲班。

「知道嗎？打人的好像就是三年甲班的高杏建。」

「好像二乙的那個文志遠也有參加，你們知道原因嗎？」

「我知道，打起來的原因好像是三乙的馬榆妤跟兩個男生的三角關係！」

二年甲班裡，有不少學生在小聲討論著關於鬥毆的話題，連林羽這位班長都沒預計到這件事的嚴重性，如往常那樣加入同學的話題，說說笑笑的。

的確，這只是一件說大不大、說小不小的事件，如同每天世界各地都會有人自殺一樣。而在二年甲班、甚至是遠天高中大多數學生的眼中，這算是閒聊的話題。

不過，有些只相信直覺的人，總能夠在事件最開始發芽的時候直指出問題的本質。

「徐于咎！」

陳怡婷走向在看小說的徐于咎面前。儘管她知道一定發生了什麼事，但其實她並不知道徐于咎到底有什麼陰謀。

徐于咎抬起頭，「嗯？」

雖然學生鬥毆的事情很有趣，不過真要說起來，還是陳怡婷和徐于咎這對疑似情侶的話題更能勾起二年甲班同學的注意。

這時，一部分同學有意無意地看向徐于咎和陳怡婷，一副等著發生新事件、新話題、新八卦的模樣。

謠言傳了一個多星期，陳怡婷早已習慣班上同學聚焦在自己身上。她無視班上眾人的視線，臉上帶著寒霜，對徐于咎命令道：「跟我出來一下。」

徐于咎預計陳怡婷會發現鬥毆事件有問題，但沒想到她不到半天就已經發現了，他有時也不得不感慨直覺的準確度。

「喔。」徐于咎應了一聲，跟在陳怡婷的身後，離開了教室。

「吵架，一定是吵架了……」

「徐于咎劈腿！」

「要不要跟去？」

在二年甲班的同學們還在談論要不要像狗仔記者一樣跟上去的時候，陳怡婷已快步拉著徐于咎爬上頂樓，將那些慢半拍才動身追去的同學們甩得沒影。

雖說不在意，不過陳怡婷還是不希望跟徐于咎的對話被其他人聽見。因為徐于咎這傢伙做的事明顯不能見光，太陰毒；更不能被其他人聽見，會被揭發。

推開頂樓的門，陳怡婷一記近乎粗暴的動作，把徐于咎甩開。「啪」的一聲，徐于咎反應不及，背部撞到牆上。

「痛……」徐于咎呼痛。

「痛嗎？是你做的？」陳怡婷冷冷地問道。

還在揉著背部的徐于咎聽罷，停下手上的動作，接下來卻沒有陳怡婷預想中的否認，而是誠實又平靜地點頭。

陳怡婷愣了愣，累積起來的怒氣爆發，咬著牙問道：「為什麼？」

「我不解釋。」

陳怡婷怒道：「你答應了我不進行『毒計』！」

「我破壞的不是其他人對其他學校的信任，而是破壞其他學校對遠天高中的信任——」

「我不知道你說什麼，但你就是那樣做了！」

被打斷的徐于咎無視陳怡婷的歇斯底里，接著說下去：「這件事並不需要妳來同意，就算妳不認同，也跟妳沒關係。」

陳怡婷握緊拳頭，咬著下唇，豆大的淚珠在眼角打轉，問道：「跟、跟我沒關係？」

徐于峇仍是那一副平靜的臉說道：「這是我自己想做的事，跟妳沒有——」

「騙子閉嘴！」

陳怡婷眼中的淚水落下。

頂樓，靜了下來。

徐于峇嘴動了一下，想要說話，但望了一眼正在流淚的陳怡婷，他又把要說的話收回到肚子裡。

「我走了。」給了陳怡婷這一句話，徐于峇默默地離開頂樓。

破壞信任。

這一次，被破壞的不只是其他學校對遠天高中學生的信任，亦破壞了陳怡婷對他的信任。

08 那是誰的正義超人？

陳怡婷很直腸子。

徐于咎不善於溝通。

雖然雙方都知道那是透過言語就可以解開的誤會，但兩人卻在這一個星期裡，維持著相互不理不睬的冷戰。

要是沒有什麼改變的話，這兩人大概還可以冷戰一個月，甚至以上。

還好，那天徐于咎回家之後，徐于莉就猜出事情的經過。

從小到大，只要徐于咎把事情搞垮，他就會變得比以前更沉默。而身為妹妹的徐于莉，總是能以她敏銳的感覺，發現自家二哥不對勁的地方。

可惜，徐于莉即使用了一星期的時間和努力，不停地勸導徐于咎要跟陳怡婷和好，都沒有作用。

星期一的早上，徐家的玄關處，徐于莉再一次努力——

「二哥，你這樣好嗎？不告訴我好嗎？不向怡婷姐姐說清楚好嗎？」

「沒有什麼好不好。」徐于咎聳肩。

「不好，一點都不好！」

徐于咎不回應，逕自推開門。

徐于莉沒放棄，指著門外，「看外面！怡婷姐姐有一個星期沒在等你上學哦！」

徐于咎撇嘴，「我又不是沒了誰就不行。」

「喂喂、你的態度可以再惡劣一點嗎？可以回應得再差一點嗎？我是你妹妹——」

「閉嘴！」

徐于莉嚇得退了一步，「哇？」

被語言轟炸了一個星期，即使是泥人也漸漸生出火氣。徐于咎自然也有火氣，他狠狠地瞪了徐于莉一眼，「尊卑長幼不懂嗎？」

說罷，徐于咎沒等妹妹回應就離家上學。

而在門關上之前，他聽見妹妹的怒吼：「臭二哥，我以後都不跟你說話！」

看著與昨天一模一樣的街道，徐于咎嘆了口氣，情緒失控之後，帶給他的是內疚和不知所措。

他的理性這時起不了任何作用，四處張望，用視線搜尋幾遍，還是無果。他找不到那位持續出現在這裡兩個月，又消失了一個星期的身影。

徐于咎搖了搖頭。

他以為自己以前都是一個人，會習慣這種感覺，可是當他由兩個人變回一個人的時候，卻發現不是那麼簡單。

原來沒有另一個人在身邊吱吱喳喳說話，完全不是想像中的那麼一回事。

一個人上學，很不適應……

寂寞的感覺來得快，去得卻慢……

即使徐于明已經坐在教室裡，那種寂寞的感覺也沒有消滅。

可惜這個世界並沒有因為徐于明的不適應就停止轉動，尤其是那一樁打鬥事件，更是依著徐于明預期的方向走動。

◆◎◆※◆※◆◎◆

「打架而已，又怎可能會有什麼大問題呢？」

這是所有人一開始的認為。

然而，在事件發生的兩天後，影響如初春的幼苗般生根發芽。

電視新聞報導這不是普通的鬥毆，而是涉及黑道的械鬥；警察來校搜查，取走了一些學生的名單；嗅覺出眾的記者在校門外徘徊，訪問放學歸家的遠天高中學生；教育局的官員來了解事情，校長安排他們在朝會上勸導參加的學生自首。

短短一個星期裡，那些脆弱的信任，漸漸崩塌。

本來覺得事件不影響自己的高二和高一學生開始不安起來。

「今天班導師曾經說過，有事會在班會上宣布。」

「不會是那件事吧？會影響我們下學年的轉校嗎？」

「對，感覺今天朝會時，校長似乎沒說清楚。」

他們。

「我猜——」

「啪」的一聲，不知何時出現在這一群同學桌子前的陳怡婷用力地拍他們的桌子，瞪著他們。

「自修的時候請不要聊天！」

「切！」

被責備的男生們不屑，回嗆過去，正如他們這幾個星期做的那樣。

「我們為什麼要聽妳說教？」

「不是說教，而是因為——現在是自修時間！」陳怡婷冷著臉。

正當那群男生又要再說的時候，林羽及時地「噓」了一聲，對他們搖了搖頭。那幾個男生才沒有辯駁，道了一聲「知道」就翻開課本自修。

這不只是他們的想法，也是大部分二年甲班同學的想法，更是遠天高中師生們的想法。最好的實例是他們二年甲班的國文老師已經連續兩天告病假，似乎正急著準備廢校被中止的後路。

在這種大家都了解、大家都明白，但又不點破的奇怪氣氛下，班會的時間到來。

「今天的班會，在班長開始說話前，我先發一些文件給大家。」

在今天的班會上，第一個說話的不是林羽，而是班導師。她向徐于谷招了招手，把教師桌上那一大疊的文件交到他手上。

「分給大家。」

「嗯。」

還有一個星期才完成「班導師助手」這個身分的徐于咎，把那一份份厚達七頁的轉學申請書分發到每一個同學的桌面上，最後才拿了一份回到自己的座位。

「轉學申請書？」好事的女同學問。

「有不少同學私下向我查詢在學期中途轉學的事，所以今天把轉學申請書發給大家，讓你們可以回家好好考慮。」一向比較認同陳怡婷理念的班導師沒心情多做解釋，臉色不太好地擺了擺手，讓林羽和陳怡婷兩位班長開始主持班會。

陳怡婷一副悶悶不樂的樣子，不只因為這份轉學申請書，而是她在擺攤子的時候常被記者追問，午休時也頻繁地被某些老師叫去勸導……種種原因加起來，陳怡婷決定今天班會上不說話，就靜靜地站到黑板前，等待班會結束。

至於班長林羽，他已經習慣一個人主講、一個人管理。在黑板前的他毫不含糊，自顧自地用粉筆在黑板上寫上「注意事項」四個大字。

「今天先為大家說一下有關轉學申請書上的注意事項！」

「等等——今天不是討論壁報設計嗎？」陳怡婷衝口而出。

林羽對她說道：「這件事比較重要。」

「你之前不是要求我別在班會時間提出不相關的事嗎？」

林羽無視陳怡婷的話，搖了搖手上的轉學申請書，說道：「相信大家都知道手上的是什麼了吧？」

「你這是雙重標準。」陳怡婷「切」了一聲後，又退了回去。這是因為班上同學都在等林羽的下一句發言，而不是她的抗議。

「都知道了。」沒舉手就發言的男生高聲說道。

即使有不少人聽見陳怡婷說話，但是全都裝作沒聽見，因為她已經不是大家心中的「班長」了。就算是陳怡婷的朋友，也都在專心等待林羽的下一句話，因為大家都比較關心自己的事。

如果醜聞繼續擴大的話，有很大的機會無法按照之前所設想的那樣，輕易轉到他們想去的學校讀高三，因為對方可能會拒絕大批接收遠天高中的學生。

在眾多個結果中，最好的自然是遠天高中因學生沒去處而停止廢除。

但是……萬一學校硬是要關閉的話？

那麼現在遠天高中的高二生和高一生都會成為「難民」一樣的存在，像皮球般被踢到一所不知道是什麼、不知道在哪裡的學校。

沒有人不關心自己的前途，在看不見這所學校的前景時，中途轉學到其他學校成了大家的首選。

「我之前已經了解過一遍，所以現在就跟大家介紹這份轉學申請書上有什麼需要注意的地方。」

不少同學翻看著手中的轉學申請書。

「是什麼？」班導師沒怎麼看過那份申請書。

「第一點——當然是要填上姓名。」林羽幽默了一下。

「哈哈～」

二年甲班有不少同學因而笑了起來，連班導師亦展現出微笑。只有被無視的陳怡婷板著臉，一副全世界人都欠她錢的模樣。

幽默過後的林羽開始滔滔不絕地說道：「第二點比較重要，就是記住選項都要圈起來，不然申請書不被接受，所以都要記住哦！」

「嗯嗯。」

這時班上的同學比起上課時更加專注地聽著，數問數答後，這段本來只屬於加插的話，足足占用十分鐘的班會時間。

「老師，我不太舒服。」

二年甲班的學生們並沒有太多人留意到，陳怡婷在班會時間尚餘一半的時候就告病離開教室。

利用身體不適作為藉口的陳怡婷，自然需要一位學生把她帶到保健室，而這個人選正好

是仍在懲罰期間的徐于咎。

「徐于咎，你陪怡婷去。」

「哦。」

徐于咎在那一刻，彷彿看到班導師的嘴角微微上揚。

離開教室後，陳怡婷變得健步如飛，怎麼看也不像是生病的樣子。不過徐于咎沒有無聊到揭穿她，只是跟在她的身後默不作聲。

從三樓的教室走到二樓的保健室只是三分鐘不到的時間，不一會就走完。

「到了，你回去吧。」

「喔。」

徐于咎點頭，什麼話也不說就轉身回去。

陳怡婷愣住。

她本以為徐于咎在這個星期裡會解釋和道歉，甚至想過他可能會裝作什麼事都沒發生似的跟自己聊天，可是一個星期過去了，徐于咎竟然像對待陌生人一樣對她。

有點生氣的陳怡婷看著徐于咎的背影，想要叫住他問問「為什麼」，但在張開嘴後又不想說話……

最後陳怡婷撇了撇嘴，推開保健室的大門，「有人嗎？」

出現在她眼前的是一張白色的床、灰色的簾幕和鎖上了的藥櫃。

空無一人的保健室。

陳怡婷把簾幕拉上，脫下鞋子，取下髮網，捲曲的雙馬尾像是被解放一樣垂到她的肩膀上。然後，陳怡婷很沒形象地趴到床上去。

「不明白啦～」

陳怡婷不解，十分不解。

徐于晗這一次的「破壞」行動，她一點都不理解。

雖然她沒幾次能夠想明白徐于晗的行動，但只要他認為可行，她就算不了解還是會跟著去做。可是即使當時不明白，她仍知道徐于晗有著明確的目的，就是——為了幫助拯救學校的自己。

只不過這一次……

她完全不明白徐于晗到底是為了什麼而做！

破壞自己的學校？破壞他這麼多時間準備的努力？醜聞會讓學校中止廢除嗎？不，這只會加速所有學生用轉學的方式離開學校，因為誰都不會留在一艘將要沉沒，或是完全不知道還有沒有未來可言的破船上。

這對所有人來說都沒有好處，是完全否定自己的行動。

「徐于晗你不是很聰明嗎？這都想不明白……唔。」

陳怡婷鑽進被子裡。

即使徐于咎沒有向她表示過自己有多努力，但她早就發現這位男同學是全心全意地用他的方式努力著。

「他會完全推翻自己的努力？」

的確有人會推翻自己之前做的事，但是陳怡婷覺得那個人一定不是徐于咎。因為他不只是個沉悶男，還是重度妹控！不過，撇開這些個性問題，他是一個把所有事都準備好，即便被識破亦會有層出不窮後手的毒士。

徐于咎的做法是：做錯也要一路黑下去，只要是為了他心中的道理，他就會黑到世界盡頭為止！

「就是就是就是——這麼一個陰險到了極點的傢伙，怎麼看都不可能會推翻自己之前的計畫！」

在床上滾動中的陳怡婷，想破腦子也想不明白……

「啊呀～」

突然間，陳怡婷回想起徐于咎對她說過的一個道理：一個人再聰明都有不懂的地方，這時正是藉助別人力量的時候。

陳怡婷沒有再用「想不通不理會」的吉祥物方程式，而是由校裙口袋裡掏出手機，乾脆地找上那位自稱很了解自家二哥的徐于莉。

陳怡婷覺得——不能放任徐于咎！

「沒錯，我要想辦法！」

◆◎◆※◆※◆◎◆

下午五點三十分，地點甜品屋。

「對不起、我遲到了。」

由學校跑來的陳怡婷，氣喘吁吁地向氣定神閒吃著巧克力甜點的徐于莉道歉。

兩人相約的地點自然不是徐家，畢竟陳怡婷跟徐于咎還在爭吵中，再怎麼粗線條的陳怡婷也不可能跑到徐于咎的家裡去。

「沒關係～」徐于莉抬起頭，露齒的笑容看起來十分純真。

陳怡婷很了解徐于莉，這女生絕對沒有外表看起來那麼簡單，這笑容是心理學的應用！單單偽裝這一項就比徐于咎要厲害得多，如果是女生之間的聊天還好，但若是向徐于莉要求幫忙？那明顯是把自己送進虎口嘛～

可是……現在沒有其他可以求助的人了。

別無他法的陳怡婷只得硬著頭皮問道：「妳知道徐于咎做那些事的目的嗎？」

徐于莉想起早上的事，臉色一黯，撇嘴道：「妹妹不知道。」

「欸？」

「二哥什麼都不跟妹妹說……」徐于莉一臉委屈。

「徐于明真的沒告訴妳嗎？」陳怡婷皺眉，她嗅到陰謀的氣味，但陰謀不只屬於不在場的徐于明，也屬於她面前的徐于莉。

徐于莉叉子狠狠對著甜點戳下，張嘴吃下最後一口巧克力甜點，鼓著臉道：「唔唔～真的沒有！」

「妳知道他幹了什麼嗎？」

「知道。」

「那他到底幹了什麼？」陳怡婷覺得自己太疑神疑鬼了，這麼可愛的女生，怎可能會有什麼陰謀！

「怡婷姐姐打算阻止二哥？」徐于莉歪頭。

「嗯，算是吧。」陳怡婷支支吾吾。

徐于莉不打算讓陳怡婷混過這問題，追問道：「到底是『是』，還是『不是』呢？」

「欸……我是不知道他真正的目的啦……但是如果他真的搞出什麼不好的事，我還是得去負責任，畢竟他是因為我才搞出這些事情……嗯、我也不是他的什麼人啦，只是……我才不是想要他因為我……」

徐于莉接受了陳怡婷那數分鐘的「才不是」、「也不是」和「還是得去」等等口不對心的垃圾話之後，不耐煩的她嘟著嘴用叉子戳著空的盤子，發出了「咚咚」兩聲。

「好了，二哥是沒有跟妹妹聊過『目的』，不過如果有什麼甜點的話，妹妹還是可以幫忙想想線索之類的啦～」徐于莉璨笑。

「嗯？」

陳怡婷下意識地按住了放錢包的口袋，「什麼？」

「妹妹想要再吃一次『心太軟』呢～」

「什麼？心太軟！？」

「是很美味的甜點喔～」

陳怡婷吞了一口口水，僵硬地轉過頭，望向那標示著兩百四十塊的巧克力甜點——「心太軟」。

「不，不行。」

「怡婷姐姐～要不要幫忙？」

「需要……」

「『心太軟』呢？」

陳怡婷吸了一口氣，還價：「上次的什麼草莓冰淇淋不好嗎？」

徐于莉「姆」的一聲，鼓著臉，微微瞪視著陳怡婷。

「難道草莓冰淇淋已經不行了嗎！？」

「姆～」

「好吧……我知道了。」

陳怡婷嘆了口氣，走去櫃檯。

數分鐘之後，有種似曾相識感覺的陳怡婷又把牌子拿到徐于莉面前。

「怡婷姐姐是大好人！」

「在我還未後悔之前，妳還是快點說吧。」陳怡婷有把牌子退回去換錢的衝動。

「知道知道的說～」徐于莉給陳怡婷一個大拇指，「首先要想想，為什麼我二哥突然策劃這一場傷天害理的行動——讓自己的學校廢除中止嗎？讓學校裡的學生恐慌性轉學嗎？還是有其他的事我們還不知道呢？」

「真真、真的是妳二哥參加了打鬥？這不可能啊！」陳怡婷驚訝地大聲叫道，她只是直覺認為那是徐于咎的計畫，不過因為徐于咎是個手無縛雞之力的文弱書生，所以又覺得他不可能參與執行。

「妳想讓這裡的人都知道？」徐于莉冷冷地問道。

「不不……對不起。」陳怡婷搖頭道歉，馬上放輕音量說道：「可是連我這個女生的力氣都要比他大。」

「真抱歉，我家二哥就是那麼文弱，十分對不起呢！」徐于莉不爽。

陳怡婷愣了一下，擺手道：「不、不是，我是說他如果真的有參加……那應該是被人狠揍的角色，最後變成豬頭那樣什麼的結果。」

「嘖嘖，凡人的智慧，這事可以另找別人去執行的吧？反正就連我自己也能想出三個方法解決，二哥會想不出其中一個嗎？」

「唔……我太笨，一個都想不出來。」陳怡婷低頭。

徐于莉白了陳怡婷一眼，一副「妳現在才知道」的樣子接著說道：「現在說回來到底是什麼原因驅使二哥自發做出這種反智行動的問題上吧！」

「這個我完全不知道，因為徐于咎先答應我不行動，之後又突然自己開始他的計畫，還是讓自己學校背上醜聞……雖然他有在我面前承認，不過那時我很生氣，就罵了他一下……我知道——」

「說重點。」徐于莉敲了一下桌子。

陳怡婷愣了一下，才說道：「之前是有告訴我破壞信任的計畫，但被我拒絕了。」

「之後呢？」

「之後就是他莫名其妙地把目標對準遠天高中，一副讓所有學生儘快轉學的氣勢。」

徐于莉把大部分的廢話都過濾，抽出重點問道：「他現在的行動，就像是計畫被對手發現又阻止後，破罐子破摔的小氣鬼報復方式？」

「對、是——」陳怡婷點頭之後，馬上又搖頭道：「不對，徐于咎才不會這樣做，一定是有什麼我們還沒發現！」

「以二哥的惡劣性格，的確不會因這無聊理由而做出損人不利己的事。」看著笨拙應對

的陳怡婷，徐于莉掩嘴奇怪地笑了起來。

這笑容和笑聲，讓陳怡婷心裡發毛，「怎、怎麼了？」

「這行動對誰有好處？那個就是理由啊～」

「學校不倒閉的話，的確是我想要的事，不過如果學生都轉學的話，我想……學校也不會中止廢校吧？」

「沒錯喔～」

「唔、這種對誰都沒有好處，我……我就是想不明白這一點嘛！」

「是啊，對誰都沒有好處……！」徐于莉止住笑聲，靈光一閃。

「怎麼了、怎麼了？」陳怡婷覺得徐于莉一定是想明白。

「對誰都沒有好處、沒有好處……表哥的出現、醜聞……大量轉學、轉學申請書……報復……妳……」輕聲默唸一遍的徐于莉，抓住了那一閃的靈光。

「有發現了？」看著徐于莉像是想到脈絡的樣子，這時陳怡婷又覺得兩百四十塊的「心太軟」似乎沒想像中那麼貴。

「怡婷姐姐，妳有帶著轉學申請書嗎？」

「有是有，不過被我捏成了一團……」陳怡婷馬上從背包裡拿出那份捏成了一團的轉學申請書。

徐于莉接過，開始翻看。

過了一會，徐于莉突然點頭說道：「沒錯，這就是對誰都沒有好處的事，所以！」

「所以？」

徐于莉再次神秘地笑了起來，把轉學申請書交回給陳怡婷，「所以我那位可愛又迷人的二哥，已經把所有事都完成，怡婷姐姐現在就只要坐著等待妳想要的結果來臨唄～」

「啊、欸？到底是怎樣啦？」

「大概明天或是後天，總之在一個月內，答案就會揭曉。到時怡婷姐姐別太激動。」徐于莉把手中的叉子像轉筆那樣轉了轉。

「呃？妳到底在說什麼？」

「妹妹的提示：請把轉學申請書的最後一頁隨身帶著，妳有機會用到。還有——」

「事後二哥他應該會再次離開，到時請幫忙看著他～」

陳怡婷歪頭，「嗯？」

「哎？離離、離開？他要去哪？」

徐于莉微笑沒有解釋，又說道：「可能吧？總之，請主動一點唄，畢竟我二哥很被動、很被動哦～」

「他才沒有很被動，只是不太懂得跟別人相處，嗯、好像……對，就是不懂得讀空氣，而且完全不知道什麼時候應該說什麼話，一瞬間就會把人惹毛……可惡啊，越想越覺得他很可惡！」

「嘻嘻～總之，你們要好好說話，別生氣就可以和好啦！」

「誰要跟他和好！我、我都不知道妳在說什麼！」陳怡婷別過頭。

接著，兩人又聊了一會有關徐于咎小時候幹過的蠢事和做過的壞事後，就解散了。

陳怡婷心滿意足地回家。

雖然沒從徐于莉口中得到正確的答案，但陳怡婷已經放心了下來。因為徐于咎正在做的事，跟她一定有著關係，而她了解徐于咎——不擇手段的毒士，絕不會做出一個讓朋友和家人都傷心的結果。

「所以我就生氣一會，等他來道歉的時候，我再大方的原諒他好了～嗯！」

◆◎◆※◆※◆◎◆

兩天過去，陳怡婷未等到徐于咎的道歉，另一件事卻像海嘯一樣淹沒二年甲班以及遠天高中的所有人。

「你們的轉學申請書已經交到教務處，正在處理中。」班導師在開始上課之前宣布。

二年甲班的三十六名學生裡，有三十五人已經把轉學申請書交了上去，其中也包括徐于咎，班裡僅有陳怡婷一人沒交出去。

只不過在二年甲班同學們的預想裡，那一聲「為了學校存在」的吶喊並沒有出現。陳怡婷沒有過分激烈的行動。

心灰意冷？熱血激昂？

都沒有。

陳怡婷依然故我，在校門外擺著她的小攤子。

眾人都以為事件告一段落，學校被廢除是板上釘釘的事。且大家都覺得可以讓他們順利轉到其他學校的話語在鬥毆醜聞之後成了笑話，不再有人相信，畢竟已經有前車之鑑——其他學校會拒收由醜聞學校轉去的學生。

因此大部分的學生像林羽那樣，填好轉學申請書，自行轉學——先一步離開，直接在學期中到另一所高中上學。

沒有一個學生像陳怡婷那樣，無知地堅守在學校裡。

他們覺得最後結果來臨時，陳怡婷的命運只有一個：像難民一樣等待被分發到另一所不知名的高中。

難民——沒有學校的學生，就像沒有國家的人民，只得被分發、被拒絕、被孤立，沒有人想做那一種人。

人都是知難而退的，人都是趨利避害的，很少人會為了自己的信念去跟現實對抗。

因為人們都選擇在名為現實的牆壁前屈服。

可是，事情沒有如他們想像的那麼發展……

「各位同學們，校長我剛剛確認了一個消息，而不得不在這個時候打斷你們寶貴的上課時間。」

校長在午休時間前的課堂間，來了一段全校性的廣播。

雖然所有學生都想問「是什麼」，但並沒有人問出口。因為大家已經心裡有數，遠天高中因醜聞事件而無法整批學生轉到其他學校，所以在這時宣布暫時中止廢校的事實。

校長的廣播再次傳來——

「因為鬥毆事件的關係，高一高二學生的轉學計畫被其他學校否決，所以如果其他學校沒有回到談判桌的意願，廢校將會暫時中止。有更進一步的消息，我們會馬上通知在校的高一高二生。」

這樣的結果就如大家所想的那樣。

聽到廣播後，有些學生點了點頭，不過更多的學生表露出一副不在意的表情，因為這件事對已經把轉學申請書交了出去的他們沒太多關係，他們已經為自己找好轉學的後路。

在一片平靜之中，校長結束了這次的廣播。

大部人覺得事情到這裡已經結束，接下來遠天高中再發生什麼事都與他們無關……

然而，事情並沒有結束。

◆◎◆※◆※◆◎◆

在校長公告完的第二天中午，一個由徐于咎埋下的地雷，終於顛覆了眾人的預期。

班導師在午休之前，如此對班上所有人來了一段讓人不知應該是喜、是驚、是愕然、還是害怕的宣布——

「很抱歉，除了徐于咎同學之外，所有人的轉學申請書都不被受理，全部退回。」

林羽呆了。

二年甲班的學生們呆了。

就連應該高興的陳怡婷也同樣呆了。

「因為所有人填寫的格式都出現同一個錯誤，所以需要轉學的同學請再次申請……」

班導師的這個消息如同嘲諷。

二年甲班的大部分同學，以及學校裡的大部分學生都遞上了轉學申請書，完成九成以上的手續。

事實上，大家以為自己已經可以進入其他學校就讀，所以幾乎每個人都抱著看戲的心態在看待這件事，可是到現在竟然發現自己未能脫身，仍然是戲裡一員？

落差感讓人抓狂！

「怎怎怎、怎麼辦？」

「說笑吧？怎麼可能會出錯！」

像個笑話。

但沒有人能笑出來，就算一直希望學校不被廢除的陳怡婷亦不能。

班導師看了一眼林羽，張口說道：「因為你們沒看清楚，並不是圈選起來，而是以上所有選項請刪去不適用者，如出現其他選擇方式，此轉學申請不被接納。」

所有人的目光瞬間集中到班長林羽的身上。

「是……是我？」林羽指著自己。

「那個時候好像是你要我們圈選起來的？」

「對啊。」

「好像是那樣沒錯。」

林羽一臉愕然，然後反駁：「我有看清楚……是用圈選的！真的要用圈選的方式啊！」

「不是的。」

「現在大家無法轉學，就說明不是用圈選的！」

「等等——林羽你不會是故意讓大家都不能轉學吧？」

當二年甲班在大亂的時候，並沒有人注意到徐于明一個人走到班導師的身前。

「徐同學？」班導師問。

「我覺得身體有點不舒服，可以申請早退嗎？」

「喔……可以。」

陳怡婷看著收拾書包正要離開的他，再看看現在就連班導師都不能控制的亂局，發現有一句話跟這時的徐于咎很相似。

——事了拂衣去。

隱藏在事件後的徐于咎，就那樣無聲無息地退場，離開二年甲班的教室。因為他沒有欣賞其他人崩潰的惡趣味，儘管他是始作俑者。

「等——等！」

徐于咎的身後傳來叫住他的聲音，即使徐于咎不轉過頭也知道聲音的主人是陳怡婷。

陳怡婷來到徐于咎身前一公尺不到的距離，猶豫了一會才說道：「轉學申請書被退回是你做的？」

「嗯，是我讓轉學申請書退回。」徐于咎點頭。

「為什麼？」

「因為妳想拯救這所學校，而妳又找我幫忙，所以我盡力做我可以做到的事。」

「不、不是這個……」陳怡婷揮手，既不憤怒、又不高興，矛盾就是形容這時的她。

「喔？」徐于咎皺眉。

「唔、啊……」陳怡婷欲言又止，直到徐于咎想離開時，才真的鼓起勇氣問道：「你不

知道其他的班級同樣有不少學生轉學嗎？而且、而且我們班的同學也有足夠時間再交一次轉學申請書，他們只會晚一點離開而已！」

「是的。」徐于豁心不在焉地點頭。

「你給我認真點回答！」

「喔。」

陳怡婷看著徐于豁這副「妳說我在聽」的表情，心中無名火起，怒道：「你完全不需要這樣！從一開始就不需要設計出醜聞，沒醜聞就不會有人填轉學申請書！我們、我們二年甲班至少可以完整的讀完這個學期！但現在他們都因為害怕變成難民才申請轉學的！」

徐于豁歪了歪頭，「喔？」

「你明明可以不讓事情變成這個樣子！明明大家至少還可以再相處一個學期！明明我們還可以──」

「我為什麼要讓那群袖手旁觀、看著妳一個人努力而不幫忙的人，可以安然無恙，並得到美滿的結局呢？」

「因為──因為……因為……」陳怡婷再一次說不出原因。

「我認同妳，所以我幫助妳；我不認同他們，所以我無視他們；他們敵視我們，所以我對付他們。」

陳怡婷猛搖頭，「我知道你的歪理很像道理，聽起來很合理……雖然我很笨，又蠢，只是吉祥物……不過我就是要幫助所有人，即使在任何艱難的情況下，我都會順便幫助像你這種討人厭到極點的傢伙！」

徐于硆微笑了起來，「我知道，即使不喜歡的人，妳也會去拯救。」

陳怡婷生氣地拍了一下徐于硆的手臂，只是她這種行為更像是撒嬌，「笑什麼！你這個沒人性的大魔頭，知道又這麼做──」

「不會有再一次轉學的機會。」

「你這個……欸？不會被、不會再轉學？為什麼？」

「因為我是大魔頭，沒人性，所以擁有操縱人心和文字的魔法。」徐于硆轉身，擺擺手便離開。

「等等，別走──你說什麼不會再轉學？是不是……喂，你別走！」

「醜聞是假的，是我給了流浪者校服，那場事件並沒有我們學校的人參加，因此中途轉學並不划算。」

「哎？」

「可能是明天，或是後天，總之在這幾天就會證明清白，而且在一個月之內將會有另一個消息公布……沒錯，不只是轉學，廢校的事也會解決。」

說著這句話的徐于硆並沒有回頭，離去的身影在陳怡婷的眼前漸漸變小，最後消失在走廊的轉角。

「消息？公布？」

在震驚之後醒過來的陳怡婷沒有邁步去追徐于咎，因為陳怡婷選擇相信徐于咎的話。

「聰明人的想法真是難猜……不過他說過會解決，應該就真的會解決，嗯！」

當她習慣性把手插進口袋時，她發現那一團名為轉學申請書的紙球。

「欸？」

陳怡婷打開，看著上方的文字，發現最後一句那條小小又細細的句子——

以上所有選項，請圈選出適用者，如出現其他選擇方式，此轉學申請不被接納。

「是圈選的？」

陳怡婷回想起林羽曾經在班會提醒所有同學的話，以及徐于莉的話、班導師的話，還有剛才林羽被班上所有人質問時無助的樣子。

「如果不是為那一群袖手旁觀的人……那做這麼多都是為了我？」陳怡婷心裡生出一陣暖意。

只不過她明白現在還不是高興的時候。

她轉身，往教室的方向跑過去。

因為陳怡婷是班長，在班上要幫助班導師維持秩序和告訴其他同學，醜聞只是假象，很快就會平息，不需要再次申請轉學，至少大家都可以在遠天高中讀完這一個學期。

沒錯，她要做收拾的工作。

「不過……那消息到底是什麼呢？」

在推開教室門之前，陳怡婷仍然很想知道。

尾聲

再見吉祥物

陳怡婷在二年甲班用了五分鐘的時間幫助班導師維持秩序，再用十分鐘解釋鬥毆醜聞的真假。以及為林羽澄清——把那一張錯印的轉學申請書拿出來，將他有關轉學申請書解釋錯誤的責任甩出去。

二年甲班的同學如願以償地得到了結果——班長陳怡婷看出漏洞，將所有迷茫的同學拯救出來。

作為主角之一的林羽，卻因為那一句「謊言」而被他的朋友表揚，認為他是故意讓所有人填錯……

當然，不是所有人都是傻瓜。

不少明察秋毫的同學，以及微笑不語的班導師，對林羽這個人埋下了不信任的種子。

但是林羽這個人接下來到底會如何？

對陳怡婷來說，這一點都不重要。因為在她的眼中，林羽只是二年甲班中的一個普通同學，絕對比不上另一位已經在她心裡占了很多位置的前路人男同學。

她有更加重要的事情，需要現在就去完成！

「老師，我也不舒服，早退了～」

「呃？」班導師打量了一下完全不像身體不適的陳怡婷。

陳怡婷輕聲在班導師的耳邊說了一句，然後精神奕奕的她向呆滯的班導師擺擺手，快步離開教室。

「明天見～」

「喔……」

陳怡婷知道自己應該要主動一點，不應該等待對方過來道歉，而且事實上對方也不用道歉，要道歉的是無理取鬧的她。

所以……

◆◎◆※◆※◆◎◆

「徐──于──呇！」

河道旁，走在回家路上的徐于呇轉過身，臉上帶著疑惑和不解。

「唔！」

在他眼前出現一團黑影，如同灰熊撲向獵物的陳怡婷，把手無縛雞之力的徐于呇撲倒在泥路上。

「哎呀──」

「徐于呇！」

徐于呇睜開眼睛，前方是包包頭女生陳怡婷那張可愛得有點犯規的臉。只是現在兩人的姿勢有那麼一點不對勁，也很曖昧──陳怡婷的雙手撐在徐于呇的面頰旁，身體騎在徐于呇的腰上。

「妳妳、妳幹什麼？」徐于咎驚慌道。

陳怡婷嘴角微微上揚，逼問道：「現在你不能逃了——跟我說，你還有什麼消息！」

「呃、我是沒人性的大魔頭，不過這種事妳可以放開再問。妳是女生，我是男生，這樣不太好……」

「我知道，你是為了我才這樣做，然後——消息！」

「我在報復，我看不慣他們的嘴臉，而且我是沒有人性的大魔頭，就算做什麼壞事也不奇怪……」

「喂～」陳怡婷突然把臉靠到距離徐于咎不到十公分，輕聲道：「不說消息？好！那我現在要聽你說『喜歡我』這一句！」

「喜喜、喜什麼……妳可以別這麼野蠻嗎？我不說又如何？」

「你不是為了我做那麼多嗎？那一定是喜歡我！」

「都是小手段、小聰明，再說是因為妳拜託我而已……別告訴我妳打算不放我走，這裡很快就會有人經過，我到時就走、唔嗯哼、唔！」

下一句話，徐于咎已經說不出來。

徐于咎的眼睛張大，卻看不清陳怡婷的臉，因為……

陳怡婷這時把自己的嘴唇，緊緊地貼到徐于咎的唇上，用以封住徐于咎那些完全沒有意

義的話。

——那我就要妳。

——如果我是神經病，你要怎麼辦？

——不答應我，我每天都會出現哦！

——只要妳不同意，我就不會繼續。

——騙子閉嘴！

甜和熱，在兩人之間擴散。

對徐于呇來說，時間過了很久很久。

從一開始的驚訝，到了後來卻發現自己的身體在配合，那只有半分鐘的時間，在平常不過是轉眼的瞬間。

良久，兩人終於分開。

「我確定你喜歡我，而我也喜歡你。」臉上微紅的陳怡婷，像勝利者一樣從徐于呇身上爬起來。

「唔。」徐于呇呆滯。

「喂、現在要說什麼感言嗎？」陳怡婷戳了徐于呇一下。

徐于呇別過頭，一副不想承認的樣子說道：「唔、算是……算是……喜歡吧。」

「那明天假日我們就去約會吧！」

「這個我猜不行。」

陳怡婷歪頭，「欸？」

「因為我好像扭到了腳踝。」徐于咎指了指自己的右腳。

「嗯嗯、沒關係！」陳怡婷恬不知恥地笑著。

「沒關係？」

陳怡婷拍了一下自己的胸口，自信道：「因為我可以揹著你。」

徐于咎再次呆滯地看向陳怡婷。

「還可以揹你一輩子。」

已經主動過一次的陳怡婷，又一次向徐于咎進攻。

自覺被調戲的徐于咎別過頭。

「別那麼肉麻，還有……這應該是男生的臺詞。」

「那你來說！」

徐于咎愣了一下，臉紅了一點，「我……個人比較喜歡聽。」

「狡猾呢～」

「狡猾嗎？」

就在徐于咎自言自語的時候——

「上來。」

陳怡婷打算揹他。

「不用了，妳扶我一下就好——喂喂，這樣很不好看，被女生揹著這真的不好看——」

陳怡婷硬是把徐于咎揹起來，說道：「我也很狡猾哦～」

「喔……」徐于咎應了一聲，雙手不知要放在哪裡，因為放哪個位置都會觸碰到不應該碰的位置。

兩人就那樣走在河旁的小道上。

陳怡婷的力氣不大，只揹了幾分鐘，就改成扶著徐于咎前行。可是這種兩人依偎在一起的動作，在外人眼中明顯更加親暱。

「現在說……那個消息。」

「嗯！」

「學校不會賣地，也不會廢除，因為有人把學校買了，然後因為這個原因……我下學年需要轉校。」

「嗯。」

「不意外？」沒被對方揍一拳，徐于咎發現仙女棒似乎還是有點作用。

「嘻嘻，我知道你可以解決～」陳怡婷笑了笑，她才不會說出自己已經由徐于莉的猜測中有了心理準備。

「我下學期會轉去多蘭市的高中，之後可能會沒有什麼見面的機會。」

陳怡婷還是不太意外地點頭，「嗯嗯。」

「也是啦，還可以用視訊，週六和週日回來也用不了太長時間……」

「如果我說決定跟著你一起轉校呢？」

「欸？」

「我打算把你放在自己的監控下，不然你又會做出什麼傷天害理的事。例如片言讓整所學校倒閉、一計讓多蘭市淪陷之類～而且于莉也讓我看著你！」

「一計危邦，片言亂國？我還沒有那麼大的力量。」

「嘻嘻～」

「而且妳離開可以嗎？不是在等圖書館裡的伙伴嗎？」

「我會在離開之前主動跟他們說。不是等他們，而是我主動找他們！」

「像剛才那樣把他們推倒？」

陳怡婷突然把臉貼到徐于咎的耳邊，吹了口氣輕聲道：「我以後都只推倒你一個哦～」

「咳咳咳……」徐于咎又一次別過頭，覺得害羞。

「先說喔～多蘭市我沒地方住，又不打算租房子，所以……」陳怡婷嘿嘿地笑著，「不是再見，而是要天天都見！」

「嘛……」徐于咎冷靜了下來。

「不高興？」

「要知道，吉祥物的存在意義是偶爾出現一下提供笑場，可是如果太常出現……欸？等等、不——」

「看我的厲害！」陳怡婷伸出手，狠狠地拉扯著徐于咎的臉頰，「我才不是吉祥物！」

「哇、哇！」

徐于咎的臉又再一次被陳怡婷捏得像蛋餅一樣。

《臣服吧！毒士軍師的詭計》全文完

華茵@千人
歐歐MIN

輕小說史上最不可思議的男主角——

極惡變態鬼畜捆綁PLAY
蘿莉控淫棍破壞魔王，參上!!

給我
等一下！

我只是一個
普通的
男高中生啊啊啊…！
Σ(ﾟДﾟ;

全套三集。全國各大書店、租書店、網路書店持續熱賣中！

陳詞懶調×PieroRabu
回到過去
BACK TO THE PAST
TO BECOME A CAT NO.12 END
變成貓
他一覺醒來變成貓。
十年貓生過去，當時間
來到記憶中的那天……
人變貓的喵星人歷險記——好萌喵，不買嗎？
全套12集，全國各大書店、網路書店、租書店強力熱賣中！
典藏閣
華文聯合出版平台
www.book4u.com.tw
采舍國際
www.silkbook.com
不思議工作室
立即搜尋
版權所有© Copyright 2017

羊角系列040

臣服吧！毒士軍師的詭計

出版者■典藏閣

作　者■萊茵@千人　繪　者■歐歐MIN

總編輯■歐綾纖

製作團隊■不思議工作室

郵撥帳號■50017206 采舍國際有限公司（郵撥購買，請另付一成郵資）

台灣出版中心■新北市中和區中山路2段366巷10號10樓

電　話■(02)2248-7896　傳　真■(02)2248-7758

物流中心■新北市中和區中山路2段366巷10號3樓

電　話■(02)8245-8786　傳　真■(02)8245-8718

ISBN■978-986-271-754-7

出版日期■2017年3月

全球華文國際市場總代理／采舍國際

地　址■新北市中和區中山路2段366巷10號3樓

電　話■(02)8245-8786　傳　真■(02)8245-8718

新絲路網路書店

地　址■新北市中和區中山路2段366巷10號10樓

網　址■www.silkbook.com

電　話■(02)8245-9896

傳　真■(02)8245-8819

☞**您在什麼地方購買本書？**☜

1. 便利商店（ ________市／縣）：☐7-11　☐全家　☐萊爾富　☐其他____________

2. 網路書店：☐新絲路　☐博客來　☐金石堂　☐其他__________

3. 書店（ ________市／縣）：☐金石堂　☐蛙蛙書店　☐安利美特animate　☐其他____

姓名：__________地址：______________________________

聯絡電話：______________　電子郵箱：____________________

您的性別：☐男　☐女　　您的生日：西元_________年_________月_________日

（請務必填妥基本資料，以利贈品寄送）

您的職業：☐上班族　☐學生　☐服務業　☐軍警公教　☐資訊業　☐娛樂相關產業

☐自由業　☐其他__________

您的學歷：☐高中（含高中以下）　☐專科、大學　☐研究所以上

☞**購買前**☜

您從何處得知本書：☐逛書店　☐網路廣告（網站：____________）　☐親友介紹

（可複選）　☐出版書訊　☐銷售人員推薦　☐其他________________

本書吸引您的原因：☐書名很好　☐封面精美　☐書腰文字　☐封底文字　☐欣賞作家

（可複選）　☐喜歡畫家　☐價格合理　☐題材有趣　☐廣告印象深刻

☐其他________________

☞**購買後**☜

您滿意的部份：☐書名　☐封面　☐故事內容　☐版面編排　☐價格　☐贈品

（可複選）　☐其他

不滿意的部份：☐書名　☐封面　☐故事內容　☐版面編排　☐價格　☐贈品

（可複選）　☐其他

您對本書以及典藏閣的建議____

____

____

✌未來您是否願意收到相關書訊？☐是　☐否

✎**感謝您寶貴的意見**✎

印刷品

$3.5
請貼
3.5元
郵票
不思議信箱
FUSIGI POST

235 新北市中和區中山路二段366巷10號10樓
華文網出版集團 收
（典藏閣－不思議工作室）

萊茵@千人 X 歐歐MIN

臣服吧！毒士軍師的詭計

SCHEMER!

コンクエスト